ほうかごがかり

甲田学人

illustration potg

目次

ほうかごがかり3

ほうかごがかり紹介

六年生
二森（こもり）啓（けい）
絵描き

六年生
堂島（どうじま）菊（きく）
霊媒体質

五年生
瀬戸（せと）イルマ
臆病な少女

年齢不詳
太郎（たろう）さん
顧問

六年生
緒方（おがた）惺（せい）
学級委員長

六年生
見上（けんじょう）真絢（まあや）
キッズモデル

五年生
小嶋（こじま）留希（るき）
いじめられっ子

八話

『あかずの間』

開けることができない部屋。
学校、家屋、その他の施設にあり、
中で自殺や殺人事件、
死亡事故があった、
閉じ込められて死んだ人間がいる、
などとされ、
開けたり入ったりすると
怪現象が起きると語られる。

1

・件名：［お知らせ］本校で発生しました重大事故について

　午後の仕事中、学校からのそんな一斉送信メールを受け取った二森恵は、仕事の合間を縫って同級生のお母さんたちと情報交換をし、やがて判明した事実に、思わず青ざめるほどの衝撃を受けた。

　メールには後日説明を予定しているとあって、多くは書かれていなかった事故の内容。それから被害者になった児童の名前。情報交換によって知れたそれを、息子の啓に伝えないという選択肢はあり得なかったが、しかし何と言って伝えればいいのか分からなくて、恵は暗澹たる気持ちになった。

　あまり学校でのことを話さない上に、決して社交的な方ではない、親としては少し心配になるくらい、周りの子に関心がない様子の一人息子。

　そんな息子から、友達として話に出てくる数少ない名前。以前に一度だけ、一番の友達だと聞いたことがあって、顔も知っているその男の子が――よりにもよって死んだなんて、どのように啓に言えばいいのか、恵には分からなかったのだ。

だが、迷うあいだも、時間は無常に過ぎていって。

夜、少し遅い時間。勤め先の病院から心もち重い足取りで帰宅した恵は、結局どう言おうか決められないまま、まだ起きていた啓を呼んだ。

「啓、ちょっといい？」

「ん、なに？」

パジャマ姿で、寝付けずに絵を描いていたらしい啓は、あらたまった様子で呼ばれて、不思議そうにする。だがすぐに、母の様子から何か普通でない様子を察したらしく、少し表情を固くした啓に、恵は何の言葉も用意できていないまま語りかけた。

「あのね、落ち着いて聞いてね」

「……なに？」

「あのね、あの――緒方君が、亡くなったって」

「は？」

恵の言葉を聞いた啓は、警戒から一瞬にして、ぽかん、とした表情になる。そして、どれだけ動揺するだろうかと心配する恵が見ている前で、頭の中で何か目まぐるしい思考をしたらしい様子の後、それらを全て呑みこんだかのように顔をこわばらせて、取り乱した様子は見せることなく、顔を上げて恵に訊ねた。

「……原因は？」

「事故だって」

啓の、わずかに声の震えた質問に、恵は言いづらそうに答える。

「ど、どこで？」

「学校だって。詳しいことは分からないけど、重大な事故が学校であったって、小学校の一斉メールがあって……それで……」

「……」

啓の視線が外れる。冷静な――――いや、固まった表情で何もない床に視線を落とすと、しばし黙って、そしてもう一度顔を上げる。

「……ほんとのこと？」

「うん、今のところ、多分、間違いない……」

「そっか」

恵の答えに、それだけ言うと、啓はまた視線を落とす。

「啓……」

「……」

そして啓は、どこか呆然とした、固まった表情のまま、それ以上は何も言わずに、すーっと静かに自分の部屋に戻っていった。ぱたん、と襖が閉まる。恵はそんな啓に声をかけることができず、閉じた襖を見つめるしかなかった。

「……」

それから恵と啓は朝になるまで、顔を合わせることはなかった。

心配したような大騒ぎはなかった。部屋はその後も静かで、泣き声が聞こえるといったこともなく、そのことに胸を撫で下ろす自分がいるのを否定はできなかった。

だが恵は、知っていた。

こんな時の子供は。少なくとも啓は。

そう。

子供は、こんな時、大騒ぎはしない。

静かに、ただ深く、深く、傷つくのだ。

…………

†

なんで。

聞いた瞬間。

啓は頭が真っ白になった。

死んだ？

惺が？

なんでだ？

突然すぎる。理解ができない。信じられない。信じられないまま、ただただ強いショックを受けている自分がいる。

絵を描く気分ではなくなった。もちろん、眠れるわけもない。

こんな夜遅くでなければ、そしてこれから『ほうかごがかり』が控えている金曜日の夜でなければ、ことの真偽を確かめるため、すぐさま家を飛び出して、惺の家まで走っていたに違いなかった。

「…………」

啓は、つい先刻まで描いていた、イーゼルの上の絵を見る。

修正途中の絵。『ほうかご』をモチーフにした夜の学校の廊下と、そこに異常に咲き乱れた色とりどりの花と、舞い狂う花びらと、その中心で回る箒を持った少女の絵。

そして、啓の背後に、その絵の対面に置かれた、借り物の、三脚付きデジタルカメラ。

少女の絵を描いては削り、動きを変えて描き直し、回る少女のアニメーションになるようにこのカメラで撮影して、惺に渡すはずだったもの。

来週には出来上がって、会って、渡すはずだったもの。

何が。

何があった？

体が震えた。室温とは関係なく体が冷え切って、心が冷え切って、何にも焦点が合っていない目で床の隅を見つめたまま、自分の部屋で立ち尽くした。

話が受け入れられない。頭の中が凍りついて、ものが考えられない。

胸が苦しい。だが混乱のまま息が整えられず、浅い呼吸を繰り返し、ただただ空白の時間が過ぎていった。

そして――――

カア――――――――ン、
コ――――――――――――ン！

眠れないまま、何も考えられないまま、時計が十二時十二分十二秒を表示して。

それと同時に部屋の中に、そして頭蓋を貫通して頭の中に、大きく音割れしたチャイムの音が鳴り響いた。

静まり返った家に突如として響き渡る、あの壊れたスピーカーから鳴ったかのような、ガリガリと耳に障る音。それはいつものように鳴り響き、そのまま激しいノイズを混じらせた『ほうかごがかり』の呼び出しの放送へと続いたが、しかし頭痛と眩暈をもよおす『それ』を、啓は部屋の中に立ったまま、身じろぎ一つすることなく、眉一つひそめることなく、ただただ無表情に聞いていた。

『――ザーッ――ガッ……ガリッ……………かかり、の、連絡でス』

「…………」

空気が変わり。気配が変わり。

放送が終わり。そして部屋の襖が、啓の目の前で、すーっ、と音もなく勝手に開く。

部屋に流れ込む冷たい空気。それから学校の匂い。その時になって、啓はようやく顔を上げると、襖の向こうに続く学校の通路を無表情に見つめた。

「…………」

開いた襖の向こうに続く、夜の学校の廊下。

啓は少しのあいだ、それをじっと見据えていた。

だがやがて、啓はおもむろに部屋の端に立てかけておいた、リュックサックとイーゼルをつかむと。今までにないほど真っ直ぐに、ためらいなしに、襖の中へと――『ほうかご』へと、大股に踏み込んでいった。

「っ……！」

2

通過。軽い眩暈。

背後で襖が消え、着ていたパジャマが、昔の制服へと変わった。

周囲の景色が、空気の匂いが、完全に『ほうかご』の学校に。それを見回すと、啓は絵具で汚れた重たい帆布のリュックサックとイーゼルを背負い直し、目の前にある屋上の出入口に背を向けて、階段へと向かっていった。

足早に。階下へ向けて。

みんなの集まる、『開かずの間』に向けて。

確かめなければならなかった。惺がどうなっているのか。『ほうかご』に来ているのか。

死んだという話は確かなのか。そしてもし本当に惺が死んでしまったのだとしたら、その原因は『無名不思議』なのか、それとも偶然の、全く違う理由なのか。

「……」

その手がかりを求めて、啓は真剣な表情で、『開かずの間』へ向かう。

チャイムとノイズと『ほうかご』の空気に曝されたことで、啓は逆に、急速に、冷静さを取り戻していた。

それは『無名不思議』に――命と魂と存在にかかわる危険に対応するための、非日常の冷静さ。

これまでの経験によって身についた、否、身につける羽目になった、尋常のものではないマインドセット。それが『ほうかご』がやって来たことによって、いつものように意識の中に顔を出し、この『無名不思議』とは別の種類の『危機』に対しても働いて、呆然としていた啓を我に返らせたのだった。

啓は、『開かずの間』を目指して歩く。

真っ直ぐに。しかし遠回りに。いつも通りに。最初の頃に惺から受けた助言に従った、そこかしこにある名無しの『無名不思議』がいる場所を避け、迂回する、いつもそうしているルートを通って。

このせいで、いつも『開かずの間』に集まるのは、啓が最後だ。

ただでさえ、啓が担当している屋上は『開かずの間』から一番遠い。その事実をいつも以上にもどかしく思いながら、啓は焦りと緊張と疲労によって、少し上がった息で、早足で階段を下り、廊下を進んだ。

明かりがついているのに、ひどく薄暗い廊下を。

そんな廊下よりもさらに薄暗い階段を。そんな通路に並んでいる、ガラス一枚向こう側に墨を満たしているかのように真っ黒な、外を映した窓の横を。

校舎に満ちている、どこか埃っぽい匂いのする冷え冷えとした空気の中を。

そんな空気の中に、天井のスピーカーが絶えず垂れ流している、細かい砂を流すような、ノイズの中を。

そんな、いつもの『ほうかご』の中を。

いつものように。しかし、いつもとは全く違う精神状態で。

そして――――そうして歩いていた、いつもの廊下で。この日の啓は、いつもとは違うものを目撃した。


「……んっ？」

階段を下り、廊下に出た、その時。

薄暗く続いている廊下の向こうに一人、誰か人影が、ぼんやりと立っているのが目に入ったのだ。

ぽつんと一人。

人影。

今まで啓は、『ほうかご』にやってきてすぐの、『始まりの会』に向かう途中で、他の『かかり』の姿を見たことは一度もなかった。

それは当然のことだった。『開かずの間』という、他の人間も集まっている安全な目的地があるというのに、そこへ真っ直ぐ向かわずに、わざわざ怖くて危険な『ほうかご』を一人でうろつきたい者など誰もいない。普通はいない。普通は。

つまりこれは、普通ではない。

「誰だ……？」

啓はいぶかしく眉を寄せ、そして何かあったのだろうかと目をこらした。

遠くに。薄暗がりに。目をこらして、ようやく見えた。制服を着ていた。啓の見知った人間だった。

小嶋留希だった。

留希は廊下の向こうに、一人で立っていた。

啓の眉が、さらに寄る。

「……なにしてんだ？」

啓は近づいてゆく。留希は啓には気がついていない様子で、ほぼ背中を向けて、壁とも天井ともつかないどこか別の方向を向いて、心ここにあらずといったふうに、妙に心もとない風情で廊下に立っていた。

「————」

ぼんやりと、立っていた。

「……？」

どうした？

啓は不審に思い、そのまま近づいた。しかし反応がない。

特に身を隠したりはしていない。

近づいた。

そして、

「おい、どうした？」

声をかけた。

ようやく留希が振り向いた。

顔面に、真っ黒な穴が空いていた。

中央からずれて空いた大きな穴。振り向いた留希の相貌は、口の一部だけを残して、ごっそりとなくなっていた。

その顔と目が合う。

眼球も何もかもが失われた顔と。

「っ!?」

押し殺した悲鳴を上げた。体に鳥肌が駆け上がった。啓はすぐさまその場で背を向けて、逆方向に走り出した。目の前の『留希』から逃げ出した。

「————っ!!」

全力で。

一瞬の判断で。

そんな背後ですぐさま、こちらを追ってくる足音が聞こえた。

ぱたぱたぱたぱたぱたぱたぱたぱたぱたぱたぱたぱた……!

普通の人間の走り方ではない、意思を感じない、奇妙におぼつかない足取りを、無理やり機械的に駆り立てたような歪な足音。それが明らかに追いすがってきて、両手を伸ばしてくる気配がして、捕まえようとしてくる気配がして、ぶわ、と悪寒と共に全身から冷や汗が噴き出し

た。

　ぱたぱたぱたぱたぱたぱたぱたぱたぱたぱたぱたぱたぱたぱたぱ
たぱたぱたぱたぱたぱたぱたぱたぱたぱたぱたぱたぱたぱたぱたぱ
たぱたぱたぱたぱたぱたぱたぱたぱた——————!

「——————————————!!」

　怖い。怖い。全力で逃げた。

　今まで生まれてきて一度も、こんなに走ったことはないくらいの必死さで逃げた。重さで振れるリュックサック。肩に食いこむイーゼルの痛み。歯を食いしばってそれらを無視して、必死に走った。今まで『ほうかご』で見たことがない、ヽヽヽ留希のふりをしたその何らかの異形の存在から、逃げた。

　なんだ⁉

　なんだ、これ⁉

全力で走りながら、心の中で悲鳴のように叫んだ。

いきなり現れた『それ』。今まで、安全だった場所に現れた『それ』。よく見知った人間を装った『それ』。人間の皮を被った、明らかな異形の『それ』。

顔面に大穴が空いた『それ』が、追いかけてくる。手を伸ばしてくる。

必死で廊下を逃げるが、重い荷物が邪魔をする。背中と肩の重荷が音を立て、体の重心を振り回し、足を遅くし体力を奪う。

そして、

ぱた——————!

激しく動く壊れかけた玩具のような足音が、背中に迫る。

最初あった距離が徐々に縮み、音が大きくなる。そして手が伸ばされた。

「——————!!」

逃げて逃げて、しかし玄関あたりでとうとうリュックサックに手がかかった。後ろに重みがかかって、引っ張られた。捕まった。がくん、と上体が、大きくのけぞった。

「っ‼」

瞬間、啓は荷物を諦め、イーゼルとリュックサックをかなぐり捨てた。引っ張った重い荷物を振り解かれ、音を立ててイーゼルが落ちて倒れかかり、それらに巻き込まれて足をすくわれた異形の存在が、荷物と共に激しく転倒する音が聞こえた。

「―――‼」

それを確認することなく、啓は玄関から、外に走って飛び出す。

そして追ってくる異形の視界から逃れるように曲がって校舎の壁沿いに走り、さらに角を曲がって視線を切り、その直後にすぐそこにあった低木の植え込みを見て―――啓は追ってきた異形がこちらを認識するよりも前に、転がり込むようにそこに飛び込んで、口に手を当てて息を殺し、体を低くして身を潜めた。

直後、

ぱたぱたぱたぱたぱた……！

追ってくる。

足音が。足が。

異形が走ってきた。留希の姿をした、顔面に穴が空いた異形が。

それは両手を前に伸ばしたまま、まるで前が見えていないかのような、目隠し鬼の鬼がそうするような体勢で走ってきた。だが確かに周囲を認識していて、今にも転びそうでありながら異様に素早い足取りで、若干怪しいものの曲がるべきところでは曲がり、啓の隠れる植え込みの目の前まで迫ってきて──そして植え込みの中に隠れている啓の存在に気づくことなく、目の前を横切って、そのまま行ってしまった。

ぱたぱたぱた……

足音が、小さくなっていった。

それを聞きながら、啓はそれでも身を潜め続ける。走ってきたせいで上がった息を、必死に手で押さえたまま。

ふーっ……ふーっ……！

そして、じっと、じっと待って、しばらくして。

足音も、人影も戻ってこないのを確かめてから、啓はそーっと身を起こし、枝や葉っぱが体に触れる感触と音に怯えながら、植え込みから外に出た。

「………」

立ち上がって、見まわした。

誰もいない。耳を澄ますが、音も聞こえない。だが警戒は解かない。

啓が逃げて隠れて、そしていま立っている場所は、真っ黒な空の下、こぢんまりと存在している校舎裏だった。

そして。

「……？」

啓はそこに見慣れないものを見かけた。それはこの『ほうかご』では見たことがない、校舎の壁際の地面に放置されたかのように落ちている、明るい水色をしたランドセルと、学校で使うものが詰め込まれて膨らんだ、布製の手さげ袋だった。

今日の昼にたくさん見た、学期末の下校の荷物に見えた。

みんなが持っていた荷物。啓自身も、似たようなものを持って帰った荷物。

落とし物のようだ。何でこんな所に？　不審に思いながら見る。見る限り、この色のランドセルは女の子がよく使っているもので、手さげ袋も同じく、シンプルながらも可愛らしいデザインをしている。

手さげ袋に、名前が書いてあるのが見えた。

小嶋留希
それを確認した啓は、息を呑んだ。

そしてもう一度、周りを見回して、耳を澄ませて。

「…………」

そうして周囲に誰もおらず、誰も近づいて来ていないことを確認すると、そっとランドセルと手さげ袋に手を伸ばして――――それらをつかみ、そのまま周囲を警戒しながら、そっとその場を離れて、静かに校舎裏から立ち去っていった。

3

やっとのことで『開かずの間』にたどり着くと、すでに堂島菊が来ていた。
菊以外には来ていなかった。惺の姿も、留希の姿もない。いるのはただ、最初からここにいる『太郎さん』だけだった。

「だ、大丈夫だった……!?」

焦り、心配した様子で菊が進み出てきて、啓を迎える。警戒と緊張の中、ずっと張り詰めて移動してきた啓は、『開かずの間』の扉を閉めると、ようやく息を吐き、ほとんど引きずるように両手に持っていたランドセルと手さげ袋と、それから何とか途中で回収してきた自分のリュックサックを同時にどさりと下ろして、解放された安堵と疲労で、ずるずると床に座り込んだ。

「……なんだよ……なんなんだよ、あれ」

そして言う。

「やっぱり、二森くんも、見たんだ？」

何を、と言わずとも、お互いに分かっていた。

「……ああ、見た」

「遅かったから……二森くん、あれに捕まったんじゃないかって、心配して……」

「捕まりかけたよ」

思い切り顔をしかめて答える。そして下を向いたまましばらく呼吸を整えて、それから顔を上げ、菊に訊ねた。

「なあ、何が起こってるんだ？　堂島さんは分かるか？」

「……ううん」

菊は、箒を抱きしめるようにして、首を横に振った。

「『太郎さん』は？」

「……」

啓は次に、この騒ぎの中でも振り向きもせず背中を向けて座っている『太郎さん』に向けて質問したが、『太郎さん』は黙ったまま答えを返さなかった。

「なあ、何が起こってるんだ？　さっきの『あれ』、まさか本物の小嶋君なのか？」

「……」

それでも訊ねる啓。

そして、

「それに――惺は？　惺は、ほんとに死んじゃったのか？」

強い調子で、それを問いかけた。振り向きもせず背を向けたままの『太郎さん』は、そこでようやく、問いに答えた。

「キミがそう訊ねて、あいつがここに来てないってことは、そういうことなんだろ」

「……っ！」

いつもよりも冷たい、つっけんどんな答え。

啓は強く歯噛みした。血の気が引く。母親から聞かされて以降、ずっと詰まったように停滞していた理解と情動が、『太郎さん』の言葉によって一気に流れ出し、胸と頭の中がぐちゃぐちゃになった。

悲しみ。

怒り。

悔しさ。

そしてなおも信じたくない思い。

叫びたかった。泣きそうだった。だが啓はそれらを全て押し殺し、涙も流さない。幼い頃の父親とのかかわりは、そういった弱い感情を素直に表に出すことは、悪い状況に対して何の解決にもならないと、それどころか解決の害になると、啓の根本の根本に経験として刻み込んでいたのだ。

「犬死にだよ。あいつは、いつかやらかすと思ってた」

そうして耐える啓の前で、吐き捨てるように『太郎さん』は言う。

「僕には知りようがないけど、たぶん『向こう』の学校で、小嶋留希の担当してた『無名不思議』に関係する何かがあって、それをどうにかしようとしたんだろうな。

正直、珍しいことじゃない。そうやって『かかり』のやつが誰も知らないうちに死んでるなんてこと、今までに何度もあったよ。犬死にだ。結局あいつも、この棚に数えきれないほど並んでる、つまらない記録の一つに、仲間入りしたんだ」

「っ！」

その言いぐさに、啓は思わず立ち上がり、無表情でつかつかと『太郎さん』に向かって行くと、いつかそうしたのと同じように、背を向けたままの肩をつかんだ。

「お前、そんな、言いかた――――！」

そして声を荒らげて言い、ぐい、と肩を引っ張った。

慌てて止めようとする菊。その制止は間に合わなかったが、肩を引いてこちらを向かせてようにだ。

『太郎さん』の顔を見た啓は、そのまま言葉を失い動きを止めた。いつかそうなったのと同じ

「!」

「……なんだよ」

振り向かせた『太郎さん』の顔に、その目に涙があったからだ。目が合った啓を、『太郎さん』はきっとにらみつけると、肩をつかんだ啓の手を振りほどき、頑なな態度で背を向けて、そむけた顔を半纏の袖でごしごしとこすった。

「……」

「撤回はしないからな。犬死にだ!」

そして、言い放つ。

「これだから、『かかり』の連中と仲良くする意味はないんだ。それなのにガキどもは、大人が言う『お友達』なんて言葉を真にうけて――ただ同じ学校にいるとか、クラスとか係が同じだとか――そんなのが友達なわけないだろ! なのに人のスペースにズカズカ踏みこんできて、ベタベタしようとしてきて――それで、あっさりいなくなるんだ。僕は、キミらが、嫌いなんだよ!」

叫ぶ『太郎さん』。啓は振りほどかれた手を、黙って下におろし、『太郎さん』の肩をつかんだ時よりもずっと強い力で、その手をぎゅっと握りしめた。

「…………！」

左手の手のひらを、強い痛みが刺す。

剣の先のように尖らせた薬指の爪。惺に言われ、『無名不思議』から正気を保つためにそうした爪が、心だけでなく、肉体を痛みで刺した。

そして思う。考えたことがないわけではない、と。

惺が死ぬことを、考えたことがないわけがない。だがよく思い返せば、本当にそうなると思ったことは、たぶん一度だってなかった。

本当に惺が死ぬなど、想像できていなかった。

いや、違う。たぶん啓は、自分よりも先に惺が死ぬことを想像していなかった。

そうだ。ずっと自覚していなかったが、たぶん啓は。たぶん、惺よりも自分の方が、絶対に先に死ぬつもりだったのだ。

啓は——正直に言うと、『ほうかご』で死んでも構わないと思っていた。

惺のためにそうしようと。惺のために『かかり』をして、それで死んでもいいと、それで構わないと本気で思っていた。

直接、惺のために死ぬなら、なお良いと。

そうでなくても、惺が実現したいことのために仕事をして、自分が先に死んで、そして惺に後の全てを任せるつもりだったのだ。

だがもう、それは叶わなくなった。

逆になった。何かあれば、いつでも惺の代わりに自分が死ぬつもりだったのに。

たぶん、その思いのせいで、こんなふうになることが、考えの外になっていたのだ。

自分が代わりになると決めていたから、自分の見ていないところで、代わりになることもできないところで、自分の知らないところで知らないうちに惺が死んでしまうなんて——そんな展開は想像していなかった。啓は結局、この『無名不思議』という存在の残酷さを、まだまだ軽く見積もっていたのだ。

それは、啓には自覚がなかったが——全ては啓が、自分の命を軽く見積もっていたことに起因していた。

啓は思っていたのだ。もう自分は、いつ死んでもいい存在だと。

啓にとって本当に大事な人間は、まずは母親と、それから次に惺だけだ。この二人に幸せになってほしい。この二人の望みが叶ってほしい。この二人を悲しませたくない。啓が自分の人生で最終的に望んでいることは、それだけだった。

母親の許をできるだけ早く去ることは、啓の最終目標だった。

自分は母親の負担になっている。自分がいるせいで母親の生活は苦しいままだし、子供がいては、身の振り方は限られる。

母親の自由と幸せを一番妨げている存在は自分。だからできるだけ早く母親の許を離れることが母親のためになる。そのためには、死ぬのが最も早い。だが、それは母親を悲しませることになるとも分かっていた。

悲しませたくはないのだ。

だから残る手段として、できるだけ早く経済的に自立することを目指していた。

しかも将来の全てをあきらめて働きに出るような形ではなく、ちゃんと幸せに自立する。少なくともそう見える形で。そして他には何も持っていない啓にとって、絵はそのための、最良の手段だった。

だった。今はもう、そうではない。

啓は、『かかり』に選ばれて、『ほうかご』に招かれた。そして、『ほうかご』で死んだ真絢の存在が〝消えた〟のを見た時。現実から、みんなの記憶から〝存在そのもの消えた〟のを見た時――――啓はそこに、〝希望〟を見つけてしまったのだ。

もっと最良の〝救い〟を。

自分の存在が消える。忘れられる。それなら――――母親を悲しませることがない。

その〝死〟が惺のためのものならば、もう言うことはない。だから啓は決めた。積極的に『かかり』に取り組むことを。惺に協力しようと。惺の目標のために、死のうと。

そして、母親を解放するのだ。

本当に本当の、ようやく見つけた最良の手段。

つまり啓が『ほうかごがかり』として死ぬことで。

お母さんを重石から解放し、惺の目的も叶え——それによって啓にとってのたった二人の大事な人を、幸せにするのだ。

なのに。

それなのに。


「…………」


啓は、自分の目の端に涙が浮かんだのを感じて、それを拳で、乱暴にぬぐった。

そして、決然と顔を上げた。

その様子。

その表情。

それを見た菊が、逆に不安そうに啓の名前を呼んで、小さく服の裾を引っ張る。

「に、二森くん……？」

「前に進もう」

菊を振り返らずに、啓は言った。

「『かかりのしごと』をしよう。惺に何があったのか、調べよう。なんで惺が死んだのか、惺を殺したやつを『記録』しよう。そうしないと、惺が本当に犬死にになる」

言う。

決然と。

前を向いて。

だがその啓の目は前を向きつつも、前を見ていなかった。

「二森くん……」

どこか暗い奈落を見ていた。菊は明らかにそれに気づいていたが、何か言おうとしてしばし躊躇ったあと、それを呑みこんで、何も言わなかった。

啓が言葉を向けた相手である『太郎さん』は、しばらく無言でいた。

だが、やがて背を向けたまま、口を開いた。

「……僕のセリフだ、それは」

ぼそりとつぶやく。そして言う。

「『かかり』が顧問である僕のセリフを取って、何様のつもりだ。キミは余計なことを言わずに『しごと』をすればいいんだ。どうせこの『ほうかご』に呼ばれた時点で、キミらにはそうする以外の道なんかない。ま、やる気になったならいいことだけどね。さっさと始めようじゃないか」

徐々に、いつものように皮肉げに、調子を取り戻して、決して振り返らないまま。

啓がすぐさま問いかけた。

「惺に何があったか、分かるか？」

「分かるわけないだろ。情報が足りない」

こちらもすぐさま、ばっさりと答える『太郎さん』。

「少なくとも小嶋君の『日誌』には、何も兆候はなかった」

そして机の上から、ファイルを取り上げる。

「ずっとそれなりに真面目に書いてて、異常はなかった。急に何かあったのか、それとも嘘を書いてたのか」

どうやらつい先刻まで確認していたらしい留希の『日誌』。それを机の上に、啓たちに見えるように、ばさ、と放り出す。

「小嶋君らしき『何か』の様子は、一応、堂島さんから聞いたけどな」

そう言って、『太郎さん』は啓たちの反応を窺うように、半分ほど振り返る。

「顔面に穴が空いてたんだろ？　他に何かあるか？　追いかけられたみたいだが？　何か手が

かりになるようなことに気づいたりしたか？」

　そして訊ねる。

　啓が答えた。

「顔に穴が空いて目がなかったけど、前は見えてたみたいだ。でも様子からすると、完全には見えてない感じがした」

「ふうん？」

「たぶん、ものすごく視界が狭くて、死角が多いんじゃないかと思った。足元はほとんど見えてない気がする。あと、音もあんまり聞こえてないかも。僕が声をかけるまで、かなり近くに行っても、僕が近づいてることに気がつかなかった」

「……なるほど？」

　あの危機的状況でも発揮された観察力によって、記憶した内容を思い出しながら、答える啓。それを聞きながら『太郎さん』は、真っ白な髪の中にキャップをした万年筆を突っ込んでがりがりと頭をかいて、難問に挑む羽目になった面倒くさがりの安楽椅子探偵のように、難しそうにうめく。

「他には？」

「他には……」

　啓も難しい表情をして言いよどみ、それから後ろを振り返った。

後ろの床に目を向ける。そこには啓が持ち込んだ、あの裏庭に落ちていたのを拾った、水色のランドセルと手さげ袋があった。

「手がかりになるかは分からないけど……あんなのを拾った」

「うん？」

その言葉に、本格的に振り返る『太郎さん』。

「バッグに、小嶋君の名前が書いてある。たぶんだけど、ランドセルも」

「……ふん」

それを近くに持ってくるよう指示し、それからしばらくいぶかしげにそれらを眺めた『太郎さん』は、やがてひとつうなずくと、万年筆で指し示して、開けて中身を調べるよう、改めて二人に向けて指示した。

4

ランドセルと手さげ袋は、たぶん本当に留希のもので。

啓と菊が中身を検めると、学期末の子供が持ち帰るあれこれが、普通に入っていた。

学校のものは啓たちもよく知る普通のもので、私物のたぐいは留希の普段着を思わせる可愛らしいカラーとデザインをしていた。ただ、そこから見える私物へのこだわりと、見た目から感じる留希のイメージに反して、これらの持ち物が明らかにひどく乱暴に扱われて、妙に痛んでいるものが多いのが気になった。

とはいえ気になるのはそのくらいで。

一目で怪しいと思える物品は、荷物の中には入っていなかった。

基本的には、終業日の小学生なら誰もが持っているようなものしか入っていない。

だが、ひとつだけ。

「……うん？　なんだこれ？」

啓がランドセルからそれを取り出し、眉を寄せた。端的に言ってゴミが入っていた。よくノートを買った時に入れてもらう、文房具屋の紙袋がランドセルに入っていて、妙な厚みで膨らんだそれを検めると、中からかなりの量のボロボロの紙ゴミが出てきたのだ。

罫線のあるノートの紙だった。いや、かつてそうだったもの。

ボロボロになっている。破れ、歪み、毛羽立ち、皺になり、泥水らしきものを吸った痕跡で茶色に汚れていて、踏まれた靴底の跡のようなものも見てとれて、落としきれていない砂が全体的に付着していた。

野外に落として雨ざらしにでもなった、そんな様子。

そして、そうなってしまったものを回収し、できるだけ剝がして伸ばして乾かして、つたないながらも丁寧に修復しようとした、そんな様子が窺えるものだった。

押し固められた、ゴワゴワのノート。

書いてあるものが、かろうじて読み取れるていどに分かる。授業のノートではない。授業で書くように全体が使われている様子は、そのノートにはなかった。

普通の使われ方ではなかった。紙面のあちらこちらに罫線を無視して、非常に細かい鉛筆の文字で、島のようにかたまりで書き込みがされている。そして、その文字の島に普通の大きさの文字で注釈のような添え書き。どことなくデザイン的に見えなくもない、変わった使われ方なのだ。

「……んー」

啓は、ボロボロになっているせいで非常に読みづらいそれを、透かすように掲げて、目を細めて検めた。

小さな文字のかたまりの書き込みは、全てひらがなのようだ。そして、それらに添えられている書き込みの方は、きちんと罫線に従った漢字まじりの文章で、読み取れる内容は、注釈とも感想ともメッセージとも日記とも返信ともつかない、とりとめのないものだった。

「んー……？」

おそらく、何かのやりとり。細かい文字の主と、添え書きの主の、二人。

読めた限りでは、たわいもない内容。でも誰と誰のやりとりで、こんな書き方を？

小さく疑問の声を漏らし、眉根を寄せて、啓はそれらを眺める。そうしているとその様子を見た菊が近づいてきて、隣で顔を近づけて一緒に覗きこみ、しばらく読んだあとで、ぽつりと言った。

「手紙？　それとも交換日記、みたい？」

「確かにそんな感じかもな」

啓も同意する。

断片的に読み取れるそれ。それでも、だんだんと分かってくる。

おそらく留希と、それから『コー君』と呼ばれている、誰かとのやり取り。雑談、相談、励まし、それが嬉しかったという感想――かすれ、破れ、ひどく読みづらいそれを拾い読みすると、留希へのいじめがあったと思わせる内容など見過ごせない部分はあったものの、基本的には日常のことばかりだった。

「書き方は変だけど、普通のやり取りだな」

いじめがあったのは感情的に見過ごせないが、今は、それに固執するわけにはいかない。

求めている情報はそれではない。なので、そろそろ読むのをやめようかと思い始めた時、たまたまその言葉が書かれているのが目に入って、がば、と啓は身を乗り出した。

「……うん？」

　そこにあったのは、

『オバケ』

　その記述。

　漢字まじりの、留希のものと思われる書き込みが、『コー君』と呼ばれているひらがなの書き込みのことを、そう記述していたのだ。

「おい、これ……」

　指差して、菊に呼びかける。

「えっ？　あっ……」

　そして二人で、同じような記述を探しはじめる。

　それを前提に読み直すと、書かれている状況と内容は明らかに話が変わって――

「おい」

　そんな二人に声がかかった。はっ、と振り返ると見ると、そこに『太郎さん』が、椅子の上で振り返って身を乗り出し、二人に向けて手を出していた。

「何か見つけたんだな？」

そして言う。

「よこせ。どう考えてもキミらより、僕の方が読み取る能力が高いだろ」

乱暴な言いよう。真正面から目が合う。

啓は、完全にむっとした表情で、『太郎さん』を見返した。少しのあいだ見合う。だがしばらくそうした後、啓は不意にその対決姿勢を解いて、

「ほら」

と言って不服の小さなため息と共に、持っていたボロボロの紙束を、『太郎さん』に譲って差し出した。

†

「――この小さい字を書いたのが、『こちょこちょおばけ』と仮定してだな」

長い時間をかけてボロボロのノートを精読した『太郎さん』は、啓と菊が完全に待ちくたびれた頃になって、ようやく口を開いた。

「……なにか分かったのか？」

「こいつが小嶋君の顔に大穴を空けて『何か』に変えて、緒方君を死なせて、他にも怪我人を出して暴れたとするなら――このボロ紙に書いてある内容から経緯を読み取って推理すると、たぶんこいつは『憑物』の一種だ」

顔を上げた啓に、背を向けたまま『太郎さん』は言う。たった今まで暇をつぶしてスケッチブックに鉛筆を走らせていた啓は、同じくスケッチブックを覗き込んでいた菊と顔を見合わせて、互いに分からないことを確認し、それからいぶかしげに訊ねた。

「……『つきもの』？」

ただの小学生には、覚えのない単語。

「なんだそれ？」

「ざっくり言うとだな、昔の人間が信じてて恐れてた、人に取り憑いて悪さをする、動物なんかの霊のことだ。狐、犬神、蛇なんかが代表で、呪法で作ったり、特定の家系に取り憑いてると言われて、日本中で信じられてたし、実は似たような迷信が世界中にある」

まだノートを解読しながら、声だけ向けて答える『太郎さん』。啓はあまり理解できないといった様子で聞いていたが、次に『太郎さん』が言った言葉を聞くと、眉を寄せて、スケッチブックを閉じた。

「日本では、そういうのが取り憑いてる家系は『憑物筋』と言って、忌み嫌われてた」

「……嫌われてた？」

引っかかったのは、そこだ。

それに『太郎さん』は答える。

「そうだよ。その霊が周りから財産を盗んでるんだとか、周りの人間に不幸を与えてるとか言われて差別されてたんだ」

「……」

その答えに、啓の眉がますます寄る。啓は理不尽が嫌いだ。もちろん、いわれのない差別のようなものも、それに含まれる。

「まあ古い村社会の特有の差別だけど、ただそれだけだと言い切ってしまうのも微妙で、実は同じような迷信が世界中にあるんだ。ある程度くわしく知ってるやつだと中国の古い俗信にほとんど同じものがあって、同じような呪法で作る小動物の霊のことを『蠱』、それが憑いてる家を『放蠱の家』とか呼んでたらしい。

それからたぶん、ヨーロッパの『魔女狩り』で狩られた魔女も、元はそれの一種だったんだと思う。魔女は漫画に出てくるようなのとは違って、伝統的には悪魔を使って他人の家の麦とか、牛のミルクを盗むとか言われてて、村の差別の対象だった。同じだろ？

で、だ。この『憑物筋』で重要なのは、その家の人間が他人を恨んだり妬んだりすると、その憑いてる霊が勝手に相手のところまで行って取り憑く、と言われてることだな。それで、そうやって『憑物筋』に恨まれて体に霊が入った相手は、頭がおかしくなって異常な行動をしたり、不審な死に方をしたりするんだ。それで恐れられてた」

そして、『太郎さん』は言う。

「で、この伝説の一部が言うには——そうやって狐に、『憑物』に殺された人間は、体に穴が空いてるんだそうだ」

「!!」

その説明で、啓の顔色が変わった。

菊も顔色を悪くした。あの『留希』の姿を、直接見たもの同士。

「狐が穴を空けて体の中に入って、中身を食い荒らして出た痕なんだとさ」

「……！」

「それから、だいたいこの手の『憑物』は、狭い穴のような物の中を棲家にしてる。竹筒とか茶筒とかの中に住んでて、壁の小さな節穴を通って、戸締りされた家や部屋を自由に出入りするんだ」

「…………」

説明を聞く二人の脳裏にありありと浮かんでいるのは、あの『留希』の顔に空いていた大きな穴。その穴が本物ならば、絶対に生きてなどいないのに、しかし抜け殻のようにぼんやりと廊下に立って、そして歩いていた、あの『留希』の姿。

啓を走って追いかけてきた、あの姿。

あの顔に空いた、黒々とした穴から、留希の中身が食い荒らされていて、空っぽになったその中に、何かがいるのだという想像。

あの中に。

いる。狐が。いや、『こちょこちょおばけ』が。

中身を食い荒らして、その身体を操る得体の知れない存在が。

顔を青くしている二人に、『太郎さん』は続けて言うのだった。

「でだ、その『憑物』だけどな。憑いてる本人には、制御できない」

「……!?」

「『憑物』は勝手に行動する。主人の意思を勝手に汲み取って、よかれと思って、勝手に周りから盗んで、周りに取り憑いて、狂わせて、殺すんだ。それがどれだけ嫌でも、迷惑でも、主人である『憑物筋』はどうにもできない。『憑物』は言うことを聞かないし、捨てることもできない。先祖から伝わってる通り、祀って拝んで現状維持することしかできないんだ。そうしないと『憑物』の牙が自分に向く。家は破滅し、家族も自分も次々と取り憑かれて、頭がおかしくなったり、食い殺されて死ぬ羽目になる」

「…………！」

その凄惨な説明に、言葉もない啓と菊。少しの沈黙の後、それでも啓が、重苦しく沈んだ声で、『太郎さん』に向けて訊ねた。

「……なんでそんなものが、学校に？」

その疑問。

「なんで小嶋君が？　小嶋君がその『憑物筋』だったってことか？」

「あー……その可能性はゼロじゃないけど、たぶん違うだろうな。『無名不思議』は〝現代の怪異の雛〟で、現代の怪異も、学校の怪談も、まったく新しいものばっかりじゃなくて、古い伝承の要素を引き継いでるものがたくさんあるから、当然そういうものも含まれてる。それだけのことだろう」

「……」

肯定されたとしても理不尽なその疑問に、『太郎さん』は否定の見解を返した。

想定される答えの中で、たぶん一番理不尽な答え。たまたまそんな酷いものが発生して、たまたま留希が担当になってしまったということ。そして――

「このボロ紙がどうしてこんなことになってんのかは分からないけど、どうも小嶋君は、このノートを介して『こちょこちょおばけ』とやり取りをしてたみたいだな」

「……」

また押し黙ってしまった啓に、『太郎さん』はそう言って、手にしていたボロボロの紙束を振って見せた。

「見る限り、どうやら『おばけ』とお友達になって、こっそりよろしくやってたみたいだ。少なくとも小嶋君は、そのつもりだった」

そして、はっ、と皮肉げに、短く笑った。

「それで――最後に裏切られたってわけだ。そこまでやるとは思っていないことをやられたとか、頼めば止めてくれると思っていたのに止まらなかったとか、そんなところだろう。この〝交換日記〟から読み取れた、ただの推理だけど、それほど外してないと思う。だいたいそんな感じのことが小嶋君に起こったんだ。手に取るように分かるよ。

僕は『かかり』を何十人も見てきたし、記録はその何倍も見てるんだ。キミらも心にしっかり刻んどくといい。『無名不思議』が、人間と同じ理屈を持ってるわけがない。『憑物』がそうなようにな。ただそう見えるように振る舞うタチの悪い奴と、野生動物に人間の理屈を当てはめるみたいに、そう勘違いする間抜けがいるだけで、どうやら小嶋君はその両方だった。珍しくもない話だけど、まあ酷い話だよ」

「……」

無言の啓と菊。

そんな二人にそこまで言って、『太郎さん』は小さく振り返る。

顔のほとんどは長く伸びた白髪に隠れていたが、そこからわずかに覗く口元は、引きつるように笑っていた。その引きつれに引っ張られるようにして、声が、ほんの、ほんのかすかに震えていた。

「それに巻き込まれて——助けようとして、緒方君は死んだんだろうさ」

「…………」

そして、その声で、『太郎さん』は、そう言った。

そう締めくくった。

説明は、それで終わった。

重い、重い沈黙が、後に落ちた。

それは、『太郎さん』の言葉によって改めて突きつけられた、よく知る仲間を、親友を、あまりにもあっけなく喪った絶望の重さだった。

理不尽。怒り。悲しみ。

そしていきなり二人も、何よりも一番頼りにしていた仲間を、しかも全てを率先して采配していたリーダーを喪って、これからどうすればいいのかという、何の手がかりもない深くて恐ろしい暗闇の真っ只中に突然放り出された、もはや呆然とするしかない虚無の重さ。

そんな虚無の沈黙が、急に広く感じるようになった『開かずの間』に、また広がる。

時間がひどく長く感じる。そのあいだ部屋に満ちていたこの沈黙には、いつ誰がこの場で泣き出しても、あるいは叫び出してもおかしくない、今までかろうじて保っていた正気と安定が決壊する、その寸前の、危うい空気があった。

諦めが。絶望が。

何か小さなきっかけの一つでもあれば、たちまちそれらがあふれるという危うさが。

押さえ込んでいたそれらがあふれ出し、すぐさま全てを崩壊させる。

そんな危うい気配を、色濃く孕んだ空気。

だが――

「……だったら、それは無駄にできないよな」

その沈黙を破ったのは、啓の、そんな言葉だった。

落ち着いた、いや、感情を低く押し殺した言葉。それはつい先刻、『前に進もう』という言葉と共に啓が見せた時のまま、寸毫も変わらない、こんな状況においてなお、決然とした態度だった。

「惺がそうしようと思ったんだ。そうしようと思って、そうしたんだ」

啓は、言う。

「みんなの助けになりたいって惺は言ってた。だったら僕の知ってる惺は、絶対にそうするはずだし、そうしたんだろう」

言いながら、啓は近くの棚に向けて歩いてゆく。そして棚を見つめる。『太郎さん』にも菊にも背中を向けて。

「惺は、後悔してないはずだ」

そして、ひときわ強く、そう言った。

「だったら、僕が惺にしてやれるのは、してやらなきゃいけないのは、それを悲しむことじゃない。無駄にしないことだ」

啓は、棚に並んでいる無数の『記録』を、指でなぞって言った。

「僕が、惺のやろうとしたことを、引き継がなきゃいけない。惺が――惺が死んだ、ことを、無駄に、しないために」

「……っ」

菊が、声を殺して泣く気配がした。啓は振り返らない。自分の顔を見られないように。またしばし沈黙する。だがその沈黙は、今度は短かった。啓の言うことを黙って聞いていた『太郎さん』が、口を開いたのだ。


「…………ほんとに、あれがやってたことを引き継ぐのか？」


その質問。

「は？」

そんな質問をされる意味が分からなかったが、啓は答える。肯定した。

「ああ……引き継ぐよ」

「そうなのか。じゃあ渡すものがある」

啓の答えを聞いた『太郎さん』は、そう言うと、自分の座っている机の上を、おもむろに漁りはじめた。その様子を不思議に思った啓が思わず振り返ると、『太郎さん』は積んであった紐綴じファイルの中から一冊を出して、開き、その『日誌』の中に挟んであったメモ書きの紙片を一枚取り出した。

「これ」

そして振り返り、啓に差し出す。

「……これは？」

「緒方君に何かあったら、次の人に渡すように預かってた」

虚をつかれたように思わず受け取った啓に、そう説明する『太郎さん』。見るとメモ書きには連絡先が書いてあった。住所と電話番号と名前。まぎれもない惺の字。

知らない名前だった。

啓は言葉を漏らした。

「……誰だ？」

その疑問のつぶやきに、メモを渡した『太郎さん』は、さらりと、しかし啓にとっては衝撃的な言葉を一言で返した。

「七人目の『かかり』だよ」

「はあ⁉」

ばっ、とメモから顔を上げた。

視線を向けた先で『太郎さん』は、もうメモを渡したことで、このことからは関心をなくしたかのように、顔を机の方へ戻していた。

啓。惺。菊。留希。イルマ。真絢。そして『太郎さん』。

「七人目⁉　いや、もう七人だろ？」

驚いて言った啓に、しかし『太郎さん』は素っ気なく、こう答えた。

「それ、僕も入ってるだろ」

「え」

続けて言った。

「僕は七人の『かかり』じゃない。化物側だよ。『ほうかご』から出られなくて何十年もここにいるようなのが、もう人間側なわけないだろ」

「……！」

その言葉に。啓は言葉を失った。

「他にちゃんといるんだよ、〝七人目〟が」

言う『太郎さん』。

「去年から『かかり』をやってて、ずっとここに来てないやつが、もう一人いるんだ。キミが知らなかっただけで」

聞き捨てならないことを啓は聞いた。

「は？　ここに、来てない……？」

「そうだよ。サボりだ。伝言するように言われてる。緒方君の『しごと』を引き継ぐことになるやつは、そいつに連絡するように、ってさ」

啓は衝撃を受けて、もう一度メモに目を落とした。

メモに書かれた名前。

覚えがない、その名前。

啓は、その名前を見つめて。

遠藤由加志

あまりにも目まぐるしく、全く想像もしていなかった展開に混乱しながら、しかしこんな時のためにも準備をしていた惺のことを思って――――黙って残されたメモの字を、じっと見つめ続けたのだった。

†

翌日。

土曜日。

夏休みの初日になる日の昼過ぎ。啓は待ち合わせた菊と連れ立って、今まで入ったことのない住宅地の、とある家の前に立っていた。

「ここか。ここだよな？」

「うん……たぶん……」

啓の手には、住所の書かれた例のメモ書き。

二人の前に立っているのは、特に変哲のない一軒家。周囲と比べると、やや大きめの和風建築で、ささやかながら塀と庭があり、建物自体はそれほど古いものではないものの、昔からここに住んでいるらしいことが窺える、そんな構えの家だった。

表札には、

『遠藤』

の文字。

メモ書きの名前の苗字。ただ、こうして探し歩いているあいだに気がついたのだが、この近辺には『遠藤』の苗字の家がとても多くて、確実にここだという自信はなかった。

初めて訪ねる家なので、間違いたくないという、子供っぽい気後れがあった。

「……」

二人は周りにある番地の表示プレートを何度か確認し、ここしかないだろうと覚悟を決めると、とりあえず啓が前に出て手を伸ばし、門柱に取りつけられた、インターフォンのボタンを押した。

・

5

先に電話をしていたので、インターフォンを押してからはスムーズだった。

お母さんらしき人が出てきて、「いらっしゃい」と玄関に招き入れられる。そしてお母さんは奥には案内せず、玄関のすぐそばにある部屋の前に立ち、そのドアをノックして、部屋の中へと呼びかけた。

「ゆーちゃーん！　かかり？　のお友達！」

大声で。

そして続ける。

「今日は二人！　緒方君じゃない子！」

「わかったよ！　いつも通り、こっちには構わなくていいから！」


中から声が返ってくる。神経質そうな子供の声だった。

この声の主が、メモにあった名前の人物だ。

遠藤由加志。六年生。啓は、この彼のことを全く知らなかった。

だが菊は少しだけ知っていた。去年、惺と菊と一緒に、三人で五年生の『かかり』になった男子なのだという。そして最初の数回の『かかり』の後、どうやったのかまったく分からないのだが、ぱったりと『かかり』に、というよりも『ほうかご』そのものに、まったく姿を現さなくなってしまったというのだ。

さらに言えば、学校そのものに来ていない。

不登校なのだ。というのも話によると、元々いじめられがちだった少年で、最初から登校拒否気味だったのだが、『ほうかごがかり』に選ばれたのをきっかけに、完全な不登校に移行したのだという。

それ以来、菊は一度も彼に会っていなかった。

だが惺は、そんな由加志と誰も知らない裏で、ずっとやり取りがあったようなのだ。

電話と、それからここで母親と話した感触では、どうも定期的に訪問もしていたらしい。

菊は何も聞いていないという。そして、『かかり』に来ていない『かかり』がいるという事実は無用な混乱を招くからと、彼の存在を他のみんなには言わないようにしてほしいと、惺から口止めされていたことを、菊はここに来る途中で告白した。

「……」

そんな人物の、部屋のドア。

啓は見る。玄関から一番近い、表に面した部屋で、シールもプレートもなく、ドアからは子供部屋らしさは感じなかった。

そのドアをノックをした母親が、「もう」とため息まじりに言って、「ごめんなさいね」と二人に言い、部屋の前から立ち去る。するとそのタイミングを見計らって、中からそーっとドアが開き、半分ほど開いたドアから、一人の少年が顔を出した。

「……えーと」

痩せた猫背の少年だった。

背は明らかに啓より高いが、目線がそれほど変わらない。

レンズが大きめの眼鏡をかけている。

明らかに日光に当たっていない不健康な肌色をしていて、オーバーサイズのシャツをだらしなく着ていて、髪が肩にかかるくらい伸び放題になっていて、サイズと年齢を小さくした、昔のミュージシャンのようだと啓は感想を持った。

少年は、窺うような視線で、啓と菊を見る。

そして、

「……や、やあ」

短い、挨拶とも言えない挨拶をした。はっきりしない、くぐもった声。伏目がちで、笑顔はない。

笑顔がないこと自体は、今ここではお互い様だ。だが目を合わせようとしない、どことなくオドオドとしたネズミを思わせる態度をした、この陰気な少年は、それが常態なのであろうことがこの短いやり取りですでに窺えた。

「えーと……」

そんな少年に向けて啓は、訪ねて来た理由を説明しようとした。

だが、啓が話し出すよりも先に、少年は言った。

「死んだ、いや、死んだんだろ？」

「⁉」

目を見開く啓。

「用件は分かってる。あいつ――緒方君が、死んだんだろ？」

「！」

驚く啓。

そしてそんな啓の反応を見た少年は、「やっぱそうか……」と目を伏せて、口の中でつぶやくように言って、深々とため息をついたのだった。

†

「……なんで知ってるか、ってのを先に説明しとくとさ、緒方君は毎週、『ほうかご』が終わると〝遺書〟を更新してるんだ」

啓と菊を部屋に招き入れながら、彼はまず言った。

「パソコンで書いてて、パスワードを知らないと、親でも中身を見られない。まあ大人は見たとしてもたぶん記憶できないけど――とにかくそのファイルがネットでおれと共有されてて、更新されると、おれに通知が来るようになってるんだ」

二人と目を合わせず、いかにもコミュニケーションが苦手といった様子で、とつとつと、しかし先回りするような話しかたをする由加志。啓にとっては、初めて会う同級生。そしてそんな彼が話す内容は、啓の全く知らない惺の行動だった。

「遺書……」

「そう遺書。後の奴に頼むこととか……情報の引き継ぎとか」

惺は何かにつけて几帳面な人間だ。準備や習慣は徹底する。

自分に何かあった時のため、引き継ぎの手配をしていたというのは、確かにいかにも彼らしい。しかしそれが、毎週更新される遺書ともなると、同じ立場の啓から見ても、少々度を越しているとしか言いようがなかった。

「そんで、今朝は通知が来なかったから……もしかして、と思ってさ」

由加志は言う。

言いながら彼は、部屋に入ってきた二人のために、床に積まれていた本をどかして、居場所を作ろうとしていた。

通された由加志の部屋は、奇妙だった。足の踏み場がなかった。

おそらくフローリングにカーペットを敷いた部屋。勉強机と本棚が壁沿いに配置され、中央にコタツにもなる小振りのテーブルが一台。その上にノートパソコンが一台。座椅子が一つあり、普段は敷きっぱなしなのだろう布団が部屋の隅に畳んで積まれていて、それから入って来た二人の座る場所がないくらい——それどころか立っている場所にも迷うくらい、床という床が積まれた本で埋め尽くされていた。

ただ、最も奇妙なのは、そこではなかった。

そうやって床が本で埋め尽くされているのに、本棚が全て空っぽなのだ。

だが由加志はそれを何とも思っていない様子で、テーブル周りの本の山をどかして、勉強机や、空っぽの本棚の棚板に載せる。ただそれも本棚に並べるのではなく、横置きのままぞんざいに棚に避難させているだけで、明らかに定位置ではなく、見るからにきちんと片付ける気がないのだった。

そして目につくのは、そうやって積んである大量の本のタイトルだ。

漫画が多いが、それではない。漫画に負けない数がある、他の本だ。それらは表紙や背表紙に、『都市伝説』『現代怪異』『心霊』『超能力』『ＵＦＯ』『ＵＭＡ』といった、見るからに怪しい文字を躍らせていた。そして添えられたおどろおどろしい表紙絵と共に、居場所がなくて立ち尽くす啓と菊を、ぐるりと取り囲んでいたのだ。

「…………これでいいか。じゃあ、まあ、その辺に座ってよ」

やがて由加志は、ようやく露出した床のカーペットに適当に粘着ローラーをかけると、そうして空いたテーブルの対面を二人にすすめた。

「……」

啓は少し眉をひそめたものの、それ以上は気にせずに座りこんだ。菊は戸惑った様子で立ち尽くしたまま、少し周りを見回し、それから、そろそろと遠慮がちに啓の隣に座りながら、由加志に向かって訊ねる。

「えっと……模様替え中、だった？」

「……」

啓も言葉にはしなかったが、似たような感想を持っていた。棚が空っぽ。机もそう。引き出しが抜かれている。それによく見ると棚も机も置いてある位置が半端で、まさに場所を動かしている途中、といった様子にしか見えなかったのだ。

だが、

「ん？　あー……えーと……」

座椅子に座った由加志は、困ったように目をそらし、がりがり後頭部をかいた。

そして、

「そういうわけじゃ、ない、んだ、けど……まあ……説明が必要になったら説明するよ。それよりさ、引き継ぎの話だろ？」

誤魔化すようにそう言って、話を早く進めようとした。

だが啓は、手を出して遮り、それを止める。

そして質問した。

「それより前に、聞きたいことがある。どうやって『かかり』をサボってるんだ？」

「…………あぁー……やっぱりその話になるよなあ……」

その質問を向けられると、由加志は露骨に肩を落として、懐疑的な啓の視線を避けるように目を伏せて、大きくため息をついた。

啓の目は険しい。当然だが、思わずにはいられなかった。

ボイコットする方法があるのなら、どうしてみんなに教えないんだ？

どうして、どうやって、今まで逃げ隠れできたんだ？　と。みんな『かかり』のせいで死んだのだ。真絢も、イルマも、留希も、惺も、『かかり』のせいで死んだみんなは――そんな方法があるのなら、誰も死なずに済んだはずなのだ。

「……」

「あのさ……」

だが、そんな啓の静かだが強い視線から、ライトの光を向けられたかのように顔をそらした由加志は、いいわけするように言った。

「その文句は、緒方君に言ってくれないかな…………だっておれ、緒方君にはちゃんと言ってるんだぜ？　『ほうかご』に呼ばれなくする方法……」

「!?」

それを聞いた啓は、一瞬思考が停止した。

「は……!?」

「本当だよ。おれが『かかり』を回避する方法を見つけて、『かかり』に行かなくなってすぐに、緒方君はうちに来たんだよ。その時におれは全部喋ってるんだ。聞かれたから。別に秘密にするつもりもなかったし……おれは、隠すつもりなんかなかったんだ。それを他のみんなには秘密にしよう、って言い出したのは、緒方君の方なんだ……!」

「…………!?」

啓は、言葉を失った。

顔面蒼白。かろうじて、疑問を口にした。

「な、なんで……?」

「う、嘘じゃないぞ。緒方君は、他の普通の子供が犠牲になるくらいなら、『かかり』が犠牲になるべきだって考えてた。だから、『かかり』が一人もいなくなるかもしれないような情報は、みんなに知らせるべきじゃない、って……」

啓の様子に怯えたように、由加志は必死に言う。啓の心が冷たく冷える。

「おれの存在も、次の『かかり』には秘密にする、って……」

「…………!」

「お、おれだってさ、『かかり』に行ってないのは、他のみんなに悪いと思ってないわけじゃないんだよ。でもそうするように決めたのは緒方君だ。不登校のおれには、学校でやってることなんて何も決められない。ノータッチだ。『ほうかご』に行かないですむ方法を秘密にしたのは、おれじゃなくて緒方君なんだ……！」

距離を取ろうとするように両手の手のひらを啓に向けて、必死の様子で自分を弁護する由加志。啓の感情は、聞かされた内容を「嘘だ」と反射的に否定しようとしたが、しかし事前に菊から聞いた話は由加志の話を逆に裏づけていて――そして何より、啓が知っている惺という人間は、そういうことをやりかねない、部分を持っていると、啓自身も否定することができなかった。

惺は、夢想家でも理想家でもなかった。

夢想家を目指して、理想家を目指して、そんな人間に憧れて、どちらにもなれずにあがいている現実家だった。

いつか夢想と理想に手が届く日が来ることを願って、それらを語りながら、現実の地面を踏み固めることだけを続けている、巨大な翼を縛った鳥が惺だ。そんな惺だから、やりかねないのだ。救われなければならない多数のために少数の犠牲を許容するという――その行為を単純に実行するというだけではなく、そうするという決断と責任を自分で背負うことを、惺ならばやりかねないと啓は思ってしまったのだ。

決断する惺が、ありありと想像できた。

何も知らない大勢の子供たちを守るために、自分の意志で『かかり』を見殺しにする選択をする惺が。

だとしたら――

真絢と、イルマと、留希は、惺が殺した。

殺したも同然だ。話を聞くに、おそらく去年の『かかり』もだ。

そしてその時に――惺には、退路がなくなったのに違いない。

自分が見殺しにすると決めた、そして実際に見殺しにした『かかり』たちへの責任で。その時に惺は、『ほうかご』から、そして『かかり』から、逃げることも辞めることも、絶対にできなくなったに違いないのだった。


「…………」


それが、手に取るように分かって。

啓は、由加志に向かって気づくと乗り出しかけていた上半身を、力なく引いた。

その様子を見て、ほっ、とした表情になる由加志。菊が心配そうに、肩を落としてうつむいた啓の背中に、そっと手を当てた。

6

「えーと……そういやまだ、ちゃんと言ってなかったと思うけど、おれは遠藤由加志。あんたらと同じ六年。『かかり』は二年目。全然行ってないけど」

少し緊迫していた場が、なんとか落ち着いて。

啓と菊の二人を前に、自分の部屋だというのに妙に居ずらそうにしながら、由加志があらためて、そう自己紹介した。

「で、担当してる『無名不思議』は――――『開かずの間』」

「！」

そして、続けて言ったその言葉に、驚く啓。

啓にとって、『開かずの間』と言われて思いつく場所は、一つしかなかった。

「……あの『開かずの間』か？」

「そう。あの『開かずの間』」

訊ねた啓に、由加志はうなずいて答えた。

「よく考えたら分かると思うけど、もちろんあの部屋も『無名不思議』なんだよ」

「……」

言われてみるとその通りだ。かつて『かかり』だった『太郎さん』が、何者かに足をつかまれて閉じ込められている部屋。『ほうかご』ではああして開いているが、昼の学校では開ける方法がなく、誰も中を知らない部屋。そしてまさに、それによって先生からも怪談として語られている。

だが、

「そんなこと、『太郎さん』は言ってなかった……」

「口止めされてたんだと思うよ。緒方君に」

思わず口にした啓の言葉に、由加志は言う。

「次に会ったら訊いてみればいいんじゃないか?」

「……」

そうしていると、視線を感じて、横を見た。

菊が、何かを言おうとしているように啓の顔を見ていた。そして菊がそれを口にするまでもなく、啓にはその内容が分かった。

由加志の言っていることを、肯定しているのだ。菊自身も、口止めをされていた。

そして、多分、由加志の言っている『太郎さん』への口止めも、直接見て知っている。

啓は、それらの伝えたいことを瞬時に察して、何も言いはしなかったが、うなずきだけで、伝わったという返答の代わりにした。

「……」

「まあ、そんなわけで、あの『開かずの間』は『無名不思議』の一つで、おれが担当」

由加志は改めて、続けた。

「たぶん『無名不思議』は担当の『かかり』の人生とどっかで繋がりがあって、おれが引きこもり予備軍だったから、その関係で選ばれたんだと思う。で、たぶんだけど、おれは当たりを引いてる。他の奴らと比べたら、めちゃめちゃ安全なんだよ、あの『開かずの間』。あの部屋はずっと昔からあって、毎年担当がいるんだけど、ほとんどみんな無事に『卒業』してるっぽい。実際、当たりだって、『太郎さん』にも言われたよ」

自分の語る実情に、しかし由加志は、明らかに不満そうだった。

「……でも、おれはどうにかして回避したくてさ」

由加志は言う。

「いくら安全に見えたって、そうやって油断したら、何か条件が合った時、いきなり『太郎さん』と交代して永遠に閉じ込められる羽目になったり、何か他のひどい目にあって死んだりするに決まってるんだ。おれはオカルトには詳しい」

　言って、部屋を埋め尽くして積み上がっている、怪しいタイトルのオカルト本を、誇示するように指差して見せた。

「で、おれは詳しいから、あれこれ工夫して、どうにか回避する方法を見つけたんだ」

　その言葉に、待ちかねたように、啓は訊ねた。

「……〝回避〟って、どうやるんだ？」

　その問い。

　何人もが死んだこの理不尽に、決定的なピリオドを打つはずのその問い。複雑で困難な儀式をするのだろうか？　何か大きな代償を払うのだろうか？　それとも普通の人間には想像もつかない、あっと叫ぶようなアイデアなのだろうか？　固唾を呑むような思いで質問した啓に対する由加志の答えは、しかしひどく簡単なものだった。

「開かなくすればいいんだ」

「は？」

　思わず間の抜けた声が出た。

「あ……開かなく？　それだけか？」

「そうだよ。それだけ。金曜日の十二時十二分十二秒に、部屋の中の何かが〝開いて〟、それが『ほうかご』に繋がるんだろ？　だったら部屋の中の〝開く〟ものを、全部埋めちまえばいい。鏡から幽霊が出てくるなら、鏡を全部覆えばいいし、角度から化け物が侵入してくるなら、部屋から角度をなくせばいい。簡単な理屈だろ？」

啓には分からない何かの喩えらしきことを言って、由加志は座椅子から立ち上がる。そして床の本を避けながら部屋の壁際まで行って、壁際の本棚の一つに手をかけた。中身が空っぽの本棚に。

「ただ、徹底しないとダメだからな」

そして言った。

「毎週、金曜日の夜になったら、寝る前にドアの前に本棚を置いて、開かなくするんだ。それから中に本をぎっちり並べて重くして、地震対策のワイヤーも壁に引っ掛けて、動かないように固定する。さらに動く場所自体をなくす。棚を動かせる隙間を別の家具で埋める。あっちには本当は窓があるけど、裏返した食器棚を並べて、ギチギチにふさいでる。あれ、壁紙貼って分からなくしてるけど、壁じゃないからな」

言われて見ると、それは確かに壁ではなかった。よくよく見ると上部に隙間があってカーテンレールが垣間見え、そしてその方向は家の表に面していて、大きな掃き出し窓があるはずの場所なのだ。

「鍵かけるのは意味がない。不思議な現象で開けられる」

由加志は、いま部屋の唯一の出入り口になっているドアに触れて軽く叩くと、次に内鍵を回して見せた。

「物理的にふさがなきゃいけない。それを毎週、寝る前にかかさずにやるんだ。ほんの少しでも隙があったら、一発で台無しになる。あと他にも注意しなきゃいけないのは、開いて通り抜けられるものは全部ダメだってこと。押入れもタンスもクローゼットも、戸棚も大きなケースみたいなのも、机の引き出しも、全部ダメだ。ふさぐか取り除かないといけない。

そこまで準備して――――やっと安心できる。夜のあいだずっと、何かがドアとかをガリガリやったり、ドンドン叩いたり呼びかけたりしてくるから、それを無視すれば、無事に『かかり』に行かずに済むようになる」

これでおしまい。由加志はそう言わんばかりに、つい今しがた閉めて見せた内鍵を音を立てて元に戻し、説明を終える。

そして、よい、しょ、と若さのないつぶやきをしながら床の本をまたいで、元の座椅子まで戻る。啓は、菊と共に、その様子を呆然と眺めた。この部屋の、模様替えを途中でやめにしたような惨状が、どうしてこうなっているのか、完全に理解したのだ。

毎週金曜日の夜に、半端な位置の本棚は、由加志の手でドアの前へと動かされる。

そして本棚が移動しかねない隙間を、隅の小さな棚や、空っぽのまま乱雑に積み重ねられているカラーボックスで埋めて、そしてそれから床に積み上げられているこの大量の本を、全て手作業で、棚とカラーボックスに戻す。

そこまでしないと『ほうかご』は拒否できない。

この惨状は、そのためのもの。全てがそのためにある部屋なのだ。

ここは、由加志が小学校に登校するのを拒否して、引きこもった部屋。

そして同時に、由加志が『ほうかご』への登校も拒否して引きこもるための、いわば『開かずの間』を作り出すために、調えられた部屋なのだった。

「徹底すればいいんだよ。おれから見たら、『無名不思議』はどんだけ人智を超えてても、子供を相手にし続けてる子供騙しだ」

座椅子に座った由加志は、ぼそぼそと、伏目がちに言った。

「普通の子供にはできないくらい徹底したら、回避くらいはできるんだ」

目を伏せ、テーブルの上に目を落として、しかし明らかにテーブルではない、どこか地の底のような深い彼方を見ながら。

啓が口を開いた。

「……確かに、そんな簡単なことで、って最初は思った」

じっと考え込んでいた啓は、そう言う。

「でも無理だな。考えれば考えるほど、本当にやろうとしたら難しいと思った。少なくとも僕にはできない。大人に知られずに、親にも、誰にも怪しまれずに、普通に暮らしながら自分の部屋を毎週そんなふうに徹底してふさぐなんて、そんな生活はどうやっても無理だ」

「うん……」

その啓の見解に、同意してうなずく菊。

無理だ。小学生には。

大人ならどうにでもなるかもしれないが、子供には無理だ。特に大人の協力を得られない状態では、どうにもならない。

それこそ、由加志のように不登校の引きこもりになって、親からも世間からも干渉を拒否するくらいしなければ不可能だ。由加志が言って実行したように、安全や命には代えられないのは確かだろうが、それを大人に納得させる方法がないし、普通の生活を捨てることができる小学生に至ってはほぼいない。

徹底。

偶然それができる環境にいたとはいえ、他人も、家族も、自分の生活さえも、自分の安全のために全て捨てたと言っていい由加志。

「…………」

啓は、このサバイバーとでも呼ぶべき痩せた少年を、じっと見た。

惺が存在を秘密にした少年は、ぼそぼそとくぐもった声で、しかし虚勢を張るように時々強い言葉を使いながら、にもかかわらず目の前の啓たちとは目を合わせず、人前で居心地悪そうに、おどおどと視線を彷徨わせていた。

†

「おれの担当の『開かずの間』は、おれが『かかり』をサボってからは、緒方君がずっと代わりにやってたんだ」

ぼそぼそと、由加志が言う。

「代わりの交換条件で、おれは〝引き継ぎ〟をやらされることになった。緒方君の〝遺書〟をデータ共有して、それを次の奴に渡すことになってる。あと、おれに危険がない限り、次の担当者に協力しろってさ」

言いながら、ノートパソコンを操作する。ようやく話が本題に入った。わずかな納得と引き換えに、かなりの時間を浪費してしまった。

啓は訊ねた。

「……〝遺書〟の中身は？」

「えーと……ちょっと待っててくれ。おれは毎週、更新されたっていう通知を確認してるだけで、ほとんど中身は見てないんだ」

カチカチとマウスをクリックし、ダカダカとキーボードで入力する由加志。

「できれば関わりたくなかったし、緒方君が死ぬなんて、正直、どこかで信じてなかった。あんな完璧超人が死ぬなら、生き残れる奴なんかいないだろ、って、はっきり言って思ってたんだよ」

「……それは、僕もそう思ってた」

「そうだろ」

その言葉には同意する啓。由加志は我が意を得たりと啓を指差した。

「だから、こんな〝引き継ぎ〟なんか、起こるわけないって思ってた。正直に言って、めんどくせえなって――――うえっ!?」

そして話しながら操作を続け、ようやく開いたらしきデータを見て、由加志は悲鳴のような声を上げた。

「なんだよこのファイルのデカさ！　絶対テキストだけじゃないだろ！」

今までで一番の大きな声。

「あいつ知らない間に何を保存したんだ!?　おれが前に中身を見た時は、普通にテキストデータしかなかったんだぞ⁉」

驚きとも呆れとも迷惑ともつかない表情で画面に顔を近づけて、カチカチとファイルの中身を確認する。

そして、

「あー……説明付きの索引みたいなやつがある。ほんと無駄に几帳面だなあいつ……」

げんなりした顔で、由加志は痩せた肩を落とした。

啓は訊ねた。

「どういうことだ？」

「とにかくいっぱい引き継ぎがあるってこと。今から確認するけど……あー……あんたが引き継ぐ時の、名指しの〝遺書〟もあるな。見るか？」

「！」

由加志の答えに、啓は身を乗り出した。

「見る」

「はいよ、了解、っと」

由加志はちょいちょいとファイルを開く操作をすると、ノートパソコンを回して、啓の方に画面を向けた。

白く光る画面には、テキストが表示されていた。

そしてそれは、まさに〝遺書〟だった。


啓、君は僕が上げたいと思うものは、何も受け取ろうとしなかったね。

僕はずっとそれを残念に思ってた。

僕の残すものは、君には必要ないかもしれないけれど。

そして僕は、君がこれを引き継ぐことを望んでいないけれど、もし君がそうなってしまった時のために、これを残す。


惺のテキストは、そんな言葉から始まっていた。

啓は、その前文を読んだところで、そこから先に進めなくなった。

そんなことを惺が考えていたなど、思ってもみなかった。確かに惺は、なにかと啓を援助したがっていたし、啓はできるだけそれを断っていたが、しかしそれは単なる惺のほんの小さな悪癖と、啓のほんの小さな意地の、些細な衝突にすぎないと思っていたのだ。

ほとんど、じゃれあいのようなものだと。

惺がずっと本気だったとは、こんなにも深刻にとらえていたとは、思いもしなかった。

ずっと見誤っていた。あの何度も繰り返した援助の申し出と謝絶が、惺の中でこのような形になっているとは全く思っていなかった。

啓には――自分は必要ないかもしれない。

この短い前文の中に、強くこめられた、そんな想い。


「なんでだよ」

呆然と。

啓はつぶやいた。

「惺……確かに僕は、惺から物をもらいたくなかった。施しはされたくなかった。でも、惺が必要なかったわけじゃない………！」

呆然と、叫ぶように、つぶやいた。

そして重い沈黙が、部屋に落ちる。

そんな啓に、しかし由加志が声をかけた。

「……あのさ、ショック受けてるところ、悪いんだけど」

おずおずと、しかし、無慈悲に。

「もし、おれが知ってる時と状況が変わってなかったら――あんた、緒方君から、とんでもないものを引き継ぐことになるぜ」

「……!?」

由加志が言った。

啓は、由加志の顔を見た。

その視線に、由加志は顔を伏せた。菊がそんな二人の様子を不安そうに、心配そうに、ただ黙って見つめていた。

九話

『学校わらし』

学校に現れる座敷童子。
校庭で遊ぶ子供に見知らぬ子供がまざっている、
一年生にしか見ることができない、
肩を叩かれると幸運が訪れる、
などと語られる。
学校で死んだ子供が学校わらしになる、
という話も見られる。

1

正面玄関のガラス戸の前に立って、そのガラス戸を開け、校舎の外に踏み出す。

「……っ」

途端、黒い空と、世界に広大に広がる空気が、うねった。

校舎の外。

目の前に広がるグラウンド。

粗末な墓標が大量に立ち並んでいる墓場。そんな『ほうかご』の校舎の外は、廊下と教室に嫌な停滞が満ちている中とは違って、巨大な生き物が身をくねらせているかのように、空気が大きく動いていた。

単に〝風〟と呼ぶならば、簡単だ。

だがそう単純に呼んでしまうには、この空気のうねりは、あまりにも重く、大きく、深く遠く、そして生々しかった。

異様なまでに息づいた風が、頭上を覆って広がっている無限の虚ろな暗闇の、その一続きの一部として、巨大にのたうっている。その有り様は、どことなくだが〝根源的な不安〟と接していた。空と世界を満たしている人智を超えた巨大な闇と、『ほうかご』の外の暗闇は明らかに接しているのだ。

　校舎の中は、閉塞している。

　視野を狭める壁。頭上をふさぐ天井。閉じ込められた空気。そしてそれを満たしている、心を引っかく砂のようなノイズ。

　外は、それら全てから解放されている。

　全ての閉塞から。だが実際に外に出ると、より巨大で重たい不安に頭を押さえつけられているかのようで、広大に拓けているはずの暗闇は、そこに立つ子供たちを校舎内よりも狭い不安の中に、幽閉しようとするのだ。

　そんな、途轍もなく不穏な『ほうかご』の外に。


「……」


　啓と菊は無言のまま二人で踏み出して、並んで立った。

　十八回目の『ほうかごがかり』。たった二人だけの『かかり』。

　真っ黒な、広大でありながら閉塞した空の下に広がる、墓地と化したグラウンドと学校の敷地。そしてそれらを囲むフェンスと塀と、その開口部である校門を、二人は警戒と不安の目でぐるりと眺め、息を潜めて耳を澄ませた。

「……いないか？」
「うん、たぶん……」

二人は小さな声で、ささやき交わす。
そしてそれから校門を見据えると、隠れる場所もない中を、少しでもと身を縮めるようにして、足早に歩き出す。
学校の正門。しばし二人ぶんの足音が、夜の下に響く。
学校の玄関の明かりを出て、門の外に灯る街灯の明かりの下へ。ほどなくしてたどり着いた鉄格子の門には、ノートのページを破って作った張り紙が、経年劣化で変色したセロハンテープで貼りつけられていた。

『いる』

その文字。

そして鉄格子の向こうに、

ぞ、
と暗闇に半ば沈むように、完全に血の気の失せた何人もの子供が、互いに手を繋ぎあって、横並びに並んで立っていた。

この『ほうかご』の学校の敷地は、墨を満たしたような何も見通せない真っ暗闇に、周囲を完全に囲まれている。

そして外周に点々と存在する街灯が、今にも劣化で切れそうなぼんやりとした光を灯していて、そのじりじりとした明かりに辛うじて浮かび上がるようにして、手を繋いだ幾人もの子供が、学校の外周をぐるりと取り囲んでいるのだ。

その『輪』を切り取った一部が、鉄格子の向こうに見えていた。

闇に沈んで輪郭のにじんだ、影のような、ネガフィルムに映ったかのような子供たち。

身動きせず、生気のない、明らかに死人そのものの子供たち。暗闇の中にうつむいて、表情すらも窺えないそんな子供の亡霊の列が、鉄格子の向こうにずらりと並んでいる姿が、校門から垣間見えていた。

そして。

「……『学校わらし』」

啓は、その光景を前に、つぶやいた。

学校を取り囲む、子供たちの亡霊の輪。これこそが惺の担当だった『無名不思議』で、つけられた名前を『学校わらし』といった。

「『学校わらし』ってのは、まあそのまま、学校に現れる座敷童子みたいなもんだな」

この日、由加志からの引き継ぎの内容を伝えた啓に、『太郎さん』はそう説明した。

「座敷童子は、幸運をもたらすといって有名な、子供の姿をした妖怪だな。子供にしか姿を見ることができないと言われていて、庭で遊んでいる子供たちの中に見知らぬ子供がまざっていたり、寝ているあいだに悪戯をされたり、出会った人は幸運に恵まれるとか、座敷童子が住む家は栄え、去ってしまうと没落するとか言われてるな。

で、学校にも似たようなのが現れるという目撃情報が全国で言われるようになって、それをいつからかまとめて『学校わらし』と呼ぶようになった。校庭で遊んでいると、誰も素性を知らない子供がまぎれこんで一緒に遊んでいるとか、一年生にしか見ることができないとか、肩を叩かれると幸運が続くとか、そんな話がある。

で、その中の一部には、学校で死んだ子供の霊が正体だ、って由来が語られてる。まあ、とにかく『学校わらし』はそういう話で、キミらが見てるような、学校を輪になって取り囲む霊の話じゃない」

そう『太郎さん』は言った。なのに、なぜ、『学校わらし』と名づけられたのか。

啓は、校門の前に立ち、鉄格子の向こうに並んでいる亡霊の少年少女たちの姿を、一人一人見ていた。そしてしばらくして、そばに立っている菊を振り返り、短く訊ねた。

「……どの人？」

「えっと……」

訊ねられた菊は、身を乗り出して、鉄格子の向こうを指差す。

「あの……あの人」

「そっか」

啓は、菊の指差した先にいる、背の高い少女の亡霊を見やって、静かに言った。

「あの人が――――シノ、い、いさん」

その少女の、名前を。

惺の〝遺書〟にあった名前。この少女は『無名不思議』として、あるいは『ほうかご』の学校の薄気味悪い背景として、無から発生した化け物ではない。彼女は惺と、それから菊とも仲間だった。去年いた『かかり』の、一人だったのだ。

尾垣忍野。

去年の六年生。その、変わり果てた姿。

そして彼女だけではない。ここにいる全員が、そうだ。

何十人、いや、もしかすると百人を超えるかも分からないこの亡霊の輪は、その全員が過去に実在した『かかり』で、そして全員が、『ほうかご』で命を失っていた。

この『無名不思議』――『学校わらし』を担当する『かかり』は。

正確に言うと、『学校わらし』の記録に少しでもかかわった『かかり』は、必ず誰か一人がその年の最後までに『ほうかご』で命を落とし、この輪の中に加わるのだ。

命と存在を失い、亡霊となって、学校を取り囲む一人になる。

昼の学校からは見ることができない亡霊となって、この『ほうかご』で、もしかすると永遠に、学校を囲んで立ち続けるのだ。

――この学校から、『無名不思議』を出さないために。

この亡霊の輪がどういうものなのか、過去の記録から分かっていた。この輪の外には、何者であろうとも出ることはできないのだ。

出ようとした『かかり』が、阻まれて出られないことは、古くから知られていた。

この『ほうかご』から脱出しようとした『かかり』は、数限りない。その試みの一つとして学校の外に出ることは多くの人間が考えたが、みんなこの亡霊の輪に阻まれて、輪の外側に出ることができた『かかり』は、記録されている限りでは一人も存在しなかった。

最初は、このように理解されていた。

亡霊の輪は、『ほうかご』に『かかり』を閉じ込める『無名不思議』だと。

しかし、やがて代を重ねるうちに、別の事例が記録されるようになる。輪を出ることができないのは『かかり』だけでなく、『無名不思議』も同じだったのだ。

まれに、学校の外に出ようとする『無名不思議』が現れる。

だがそんな怪異も、『かかり』と同じように、亡霊の輪に阻まれて、一体たりとも外に出ることができなかった。

ときおり現れるらしい。教室に留まらず、自由に動き回る『無名不思議』が。

そう、ちょうど今――――まさに校内を徘徊している、あの〝留希〟のような。


「…………」

「！　二森くん……！」

外の暗闇の中に並ぶ亡霊たちを、鉄格子に思い切り顔を近づけて確認している啓に、菊が小声で、しかし切迫した様子で声をかけた。

「足音がするかも……」

門の外を見ている啓の代わりに、周りの様子を見張っていた菊。耳をすますと、広がっている暗闇と静寂の中に、かすかに足音が聞こえた気がして――菊は〝留希〟が近づいているかもしれないと、ここを立ち去った方がいいと、声をかけた。

だが。

「いない、いない」

啓は言った。急に。

「えっ」

「ちょっと待っててくれ」

今までなかった執着を見せて、啓は門の外に目をやったまま、そこを動かなかった。

「に……二森くん？」

「もうちょっと。まだ全員、確認してないから、もう少し……」

鉄格子に張りついて、必死に、見える限りの亡霊の容姿を、全て検めようとする啓。菊はその様子を見て一瞬ためらったが、その沈黙のあいだに、聞こえた気がした足音に間違いないことを確信して、慌てて啓の袖をつまんで引っ張り、首を横に振った。

「二森くん、いないよ」

「！」

啓が、びくっ、とその言葉に反応した。

「たぶん、緒方くんはその中にいないよ。だから、もう行こ？」

啓が何を探しているのか、菊は知っていた。だから菊は言う。答えずに、門の鉄格子をつかむ啓。その表情は菊からは見えなかったが、それでも菊は構わずに、続ける。

「言ってたよね、新しい人は絶対に、門の前に来るって」

「……！」

「前のシノさんもそうだったし、前の人も、その前の人もそうだった、って……それに、緒方くんにはお葬式があったよ。緒方くんが死んだのは『ここ』じゃない。だから、たぶん、どれだけ探しても、緒方くんはきっと、ここにはいないよ……」

ためらいつつも、しかしはっきりと言い聞かせるように、菊は言う。啓は、菊に背を向けたまま、『いる』と張り紙が貼られた鉄格子を強く握りしめ、深くうつむいて、外に音が聞こえるほど、歯を食いしばる。

「だから、ね？」

「………！」

「行こ？」

「…………っ！」

説得する。啓は諦めきれない様子でそこを動かずにいたが、やがて未練もあらわに、それでも鉄格子から手を離す。

そして、振り切るように、門に背を向けて。

「……わかった」

「うん……ごめんね……」

表情を見せずに歩き出す啓に、菊は思わず謝って、それから立ち去る啓の背中に、小走りに続いていった。

2

――『学校わらし』は、『無名不思議』を学校の外に出さないために存在する。

あれは化け物の〝檻〟である。

過去の記録は、そう結論していた。

だとするとあれが『無名不思議』であるのかすら、本当のところは分からない。だが少なくとも、あの恐ろしく惨たらしい円陣は、何も知らない子供たちが通う学校と『ほうかご』とを隔てて、中のものを外に出さないようにする存在だった。

何十年か前にいたという、非常に霊感が強かったという、とある『かかり』の女の子の言葉が残っている。外の世界と『ほうかご』は、たとえるなら人間の体の外側の皮膚と内側の粘膜のように裏表で繋がっていて、あの亡霊の輪は、内側にいるものが自由勝手に外に出てしまわないよう隔てている〝壁〟なのだと。

惺の〝遺書〟によると、去年、『シノさん』と呼ばれていた六年生が『ほうかご』で犠牲になり、あの輪の中に加わったのだという。そして『シノさん』は、『学校わらし』の担当ではなかった。

担当は、当時五年生の惺だった。

しかし『シノさん』が——正確には当時の六年生の『かかり』全員が、惺の知らないあいだに『学校わらし』の記録を作っていて、そして惺の代わりに命を落とし、惺の代わりに亡霊となったのだ。

六年生全員が、惺を助けるために、そうした。

そうして惺は生かされた。たった一年の、延命に過ぎないにもかかわらず、そのために六年生全員が命を捨てた。

『この遺書が読まれてるということは、僕は亡霊の一人として学校を囲んでいると思う』

惺の〝遺書〟には、『学校わらし』のことに触れて、そう書いてあった。

『でも、僕はそれを望んでいるので、悲しまないでほしい。僕はシノさんの隣に立って、化け物から世界を守るという最後を、本気で願っているから。僕が今まで世界から受けた恩を、こうやってはっきりとした形で世界に返すことができるのは嬉しい。亡霊になった僕を見ても悲しまないでほしい。それが僕の最後の望みだ」

と。

この〝遺書〟を読んで、啓は門まで確認に行ったのだ。

今まで間近には見たことがなかった、惺が担当していたという『無名不思議』を。それから惺の〝遺書〟に書いてあった、願いの結末を見届け、もしかするとそこで惺に会えるのではないかという、かすかな希望を抱いてだ。

……そして。

「――駄目だ」

あれから一言も話さず、足音の聞こえてくる方面を避けて、正門から大回りして『開かずの間』に戻った啓は、心配そうに見守っていた菊の前で、長い沈黙の後で、やがて絞り出すようにして言葉を発した。

「……えっ？」

「やっぱり、こんなの……駄目だ。駄目だろ。あいつが、自分が死ぬのを引き換えにした、最後の、たった一つだけの希望が叶ってないなんて。駄目だ。これだと、あいつは本当に無駄死にじゃないか……」

かすれた声で、啓は言った。おそらく『ほうかご』で死んだわけではない惺は、『学校わらし』の輪に加わることができなかった。想像されるその事実に押しつぶされ、部屋の真ん中に立ち尽くして、うつむき気味に目を見開いて、しかし何も見ていない啓の言葉が、がらんとした『開かずの間』の空間に響いた。

「……」

「ああ、そうだよ」

菊は何も言えない。だが『太郎さん』は口を挟んだ。

「無駄死にだ。『かかり』の大半は、無駄に死ぬんだ。九割九分九厘すぐに消えちまう化け物の餌になって、命も存在も、無駄に消えるんだ」

容赦などしなかった。机で背中を向けたまま、『太郎さん』は淡々と言い放った。

「みんなそうだ。特別なことじゃない。あいつもそうなったってことだ」

「惺は！」

啓は声を荒らげた。

「惺は……！　緒方惺は、特別な人間だった！」

叫ぶように言った。もう何年も、人には聞かせたことがない、いや、自分でも聞いたことのない声でだ。

「何かを残せる人間だった！　あいつも残そうとしてた！　何も残さずに死んでいい人間じゃなかった！」

叫ぶ。

「ずっと、あれからずっと……あいつが死んだことを納得しようとしてた！　あいつが望んだことだから、覚悟してたから！　なのに、そうやって残そうとしてたものが残せてなかったなんて、どうやったら納得できるんだよ！　納得できるわけないだろ！　こんな理不尽が、許せるわけないだろ‼」

体を震わせて叫ぶ。今まで、爆発するような感情の出しかたは強く抑制していた啓が、それをかなぐり捨てて叫んだ。叫んでいた。

噴き出した悲嘆。『太郎さん』は冷たく言い捨てた。

「残せるわけないだろ」

「は⁉」

感情が頭に上った。激昂しかかった。

「それ、どういう……‼」

顔を上げて、言い返しかける。だが『太郎さん』の言葉のほうが、わずかに早かった。そしてその内容も衝撃的だった。

「ああ、もちろんあいつは優秀だったよ。だから余計に残せないんだ。『無名不思議』は子供の未来を喰うんだからな」

「……は⁉」

踏み出しかけた啓の足が止まった。頭の中に満ちていた熱に、ひどく冷たいものが差し込まれた感覚がした。

「ずっと僕はここで、何人も何人も犠牲者を見送ってきたんだ。そうしてるとそれでな、そのうち、何となく分かったんだよ。『ああ、あいつらは、子供の未来だか希望だか、そんなのを喰うんだな』ってな」

冷たく静かに、『太郎さん』は背中を向けたまま、どこか吐き捨てるように続けた。

「能力のあるやつ、夢のあるやつ、前を向いてるやつほど、ここでは死ぬんだ。そうじゃないやつも、夢を見つけたやつ、前を向けたやつ、希望を見つけたやつが、その未来ごと、怪談に喰われて死ぬんだ。中にはその『無名不思議』が、わざわざ担当してるやつに希望をちらつかせてるんじゃないかって奴もいる。たぶん小嶋君の『こちょこちょおばけ』はそれだった。僕はあれを『憑物』じゃないか、って推理したけど、中国ではそれを『蠱』といって、その仲間に『金蚕蠱』ってやつがいる。そいつに取り憑かれると破滅するけど、破滅する前にめちゃくちゃ金が手に入るんだと。そういう意図があるのかは知らないけど、そりゃあ先にでかい希望があった方が、絶望も破滅もでかいよな。

ああ、あいつは確かに、何年かに一人、出るか出ないかの逸材だったよ。でもな、だからこそたぶん、あいつは『奴ら』にとって栄養たっぷりの餌なんだ。あいつが『学校わらし』の輪に加われなかったのは、僕も少し意外だったよ。でも——キミらは見たんだろ？　その逸材の馬鹿デカい未来と悲劇を追加で喰った『こちょこちょおばけ』のやつは、いま生まれた場所の狭い殻を破って、学校中を元気に走り回ってやがるんだろ？」

「…………!!」

話を聞きながら、啓は頭の中が急速に冷えた。それは冷静さではなかった。あまりの無慈悲と不条理に対する、『無名不思議』への、いや、それを超えた、もはや世界に対しての、殺意にも似た冷たい怒りだった。

「…………あの〝小嶋君〟は、これからどうなるんだ？」

かなり長い、押し黙った沈黙の後。

やがて口を開いた啓が言ったのは、地の底からのような、押し殺したように低い声の、そんな質問だった。

「さあね。普通なら、そのうちそれも、だんだんと消えていって、消滅するね」

答えるが、その『太郎さん』の言葉は、やはりどこか冷たい。

「まあ、活発な『無名不思議』みたいだから、もしかすると表の学校でも噂になって、出没するようになるかもな。それで全国的な『学校の怪談』や『都市伝説』になったりして。でもまあ、僕の見てきた限りじゃ、そこまでになった『無名不思議』は、この学校からは一匹も見たことがないからな。やっぱり何ヶ月かして消えるんじゃないか？　他のおんなじように消えていった、数えきれない『無名不思議』と、変わらずに」

淡々とした、抑制的な、偽悪的な、『太郎さん』の答え。突き放すような、さもなくば煽るようなその答えを聞いて、無言の啓はじっとうつむいて立ち尽くしていたが、やがて静かに顔を上げた。

そして、『太郎さん』に歩み寄る。

近寄られた『太郎さん』は、無視するように振り向かなかった。

そんな『太郎さん』に、啓は手を出す。手のひらを上に向けた要求する手。それを顔の横に突きつけられて、『太郎さん』がようやく顔を向けた。

「……なんだよ」

「一枚……ううん、まとめて何枚かくれよ。『日誌』のやつ」

無表情に言う啓。『太郎さん』の眉根が寄った。

「何するつもりだ？」

「何って。惺の後を引き継ぐ。『学校わらし』の『記録』を作る。あとは『こちょこちょおばけ』も僕が引き継ぐ。惺のできなかったことを、僕が全部やってやる」

不自然なほど平坦な調子の、啓の言葉。それを聞いた『太郎さん』は、大きくため息をついて、胡乱げに問いかけた。

「……本気か？」

だがすぐに、その自分の問いに、自分で結論する。

「いや……本気なんだろうな」

「本気だよ。実は今日、ここに来る前から、そうしようって決めてた。『学校わらし』を見に行って、もっと決意が固くなっただけだ」

啓は答えた。

そして言う。

「全部わかった。理解した。僕は『無名不思議』が、『学校の七不思議』が許せない。惺の未来も、最後の願いも奪った『奴ら』のことが許せない。惺を、生贄なんて無駄なものに無意味に消費した、『奴ら』を許せない。この『ほうかご』が許せない。
僕は少しでも『奴ら』のことを『記録』して、惺の仇をとってやる。少しでも『奴ら』に傷をつけて、それで死んだら惺の代わりに『学校わらし』の仲間になって、『奴ら』がここから出られないようにする壁の一部になってやる。惺の最後の願いの代わりになってやる。そうしないと惺が浮かばれない。惺の死んだ意味も、生きた意味も、このままだとなくなる。そんなの、僕は絶対に認めない」

据わった目で、淡々と言う啓。つい今しがた噴き出した煮えたぎる感情を、腹の底に押し込めて、その圧力のこもった声で、淡々と言いつのった。

呆然と、悲しみと、怒りの、その先。

絶望。啓は絶望していた。自分のことだけならば、まだ許せた。だが惺に、あんな得難い人間に、あんな非情で残酷な仕打ちをして、その希望も望みも結果の片鱗も残さず跡形もなく消し去ったこの『ほうかご』という存在を、許すことができなかった。

惺は納得して死んだはずだ。惺は、常に自分の理想を見据えて、常にそのために行動していた。そんな惺は、志半ばで斃れる心残りはあれど、自分の道行きに、そして約束されていたゴールに、納得して斃れたはずだった。

自分の死が、最後の防壁になると信じ、だからこそ、彼は逝ったはずだった。

救いになるのはそれだけだった。惺の死という事実を知らされてから、ずっと煩悶していた啓は、引き継ぎによって知った『学校わらし』の内容に、一度希望を持った。半ばで斃れた惺が、それを織りこみ済みだと、彼の志は残っていると、分かったからだ。

だから確認に行った。一目見ようと。本当にそうなったのならば、自分も納得しようと。

惺の死の結果を見届けて、納得しようと。だがそれなのに、それが叶わなかったなんて、啓は認められなかった。その事実に、そして全てに、啓は絶望していた。

「そんなの、キミ、本当に死ぬぞ」

ため息まじりに、『太郎さん』は言った。

「まだ『学校わらし』に、今年のぶんは加わってない。ここで『学校わらし』の『記録』に署名したら、もうキミだけが担当者みたいなもんだ。最終日までに絶対死ぬぞ」

「いいよ。僕がいない方が、母さんは幸せになれる」

啓は躊躇なく答えた。表情を歪める『太郎さん』。

「キミは……」

「それに、やらなかったら、死なない保証があるのか？」

続けてそう啓が言うと、『太郎さん』はさらに表情を歪めて、それこそ苦虫を嚙みつぶしたような顔になった。

「……ないよ」

認める。

だが『太郎さん』は説得を試みる。おそらく、最後の説得を。

「でもキミら二人は、僕の見立てだと、普通にやってたら生きて『卒業』までやり過ごせる確率は高いぞ」

「……そうなのか？」

「ああ、いい線いってる。キミなんか、ほとんど『記録』に成功してるじゃんか。このままなら死なずにすむ可能性は高い。死なずにすむんなら、死ぬ必要なんかない。生きていけるんだぞ、生きろよ」

その言葉にも、啓の表情は動かなかった。

「そっか。いいこと聞いた」

「だろ。だから……」

「じゃあ堂島さんが無事にすむ確率も上がるよな。『卒業』は堂島さんだけでいいよ」

「えっ」

その言葉に、菊が驚いたような戸惑いの声を出したが、啓は振り向きもしなかった。

「………」

しばらく啓と『太郎さん』は、睨み合うように目を合わせていた。二人はそのまま、しばらく互いに黙っていたが、いつまでも続きそうなその沈黙を、結論の決まっている啓は、早々に破った。

「で、『日誌』は？　くれないのか？」

「キミさ」

「あんたが反対なら、別にいいよ。勝手にやるから」

「はあー……」

差し出していた手を下ろし、背を向けようとした啓に、『太郎さん』はため息と共に机の上の紙束に手を伸ばして、そこからひとつかみぶんの『日誌』の用紙を抜き出して、啓に向けて乱暴に差し出した。

「しないよ、反対なんか。そいつは僕の仕事じゃない。本気なら好きにしろよ」

言う。

「緒方が、今年の『かかり』には与える情報をコントロールしたいとか言い出した時も、僕はちゃんと言われた通りにしたんだからな。そんな僕が自殺志願者程度のことに、わざわざ反対するわけないだろ！　キミみたいなのも、何人も見送ったよ！」

「……」

啓は振り返る。そして、その『太郎さん』の言葉にも、わずかに眉を寄せただけで、差し出された用紙を取り上げて、すぐにスケッチブックをクリップボードの代わりにして、空白の用紙に自分の名前を書き入れた。

『担当する人の名前』二森啓

と。

そして、

『無名不思議の名前』学校わらし

と。

「……キミは今、自分の死刑の書類にサインしたぞ」

それを見届けた『太郎さん』は、処置なし、といった態度で息を吐き、見捨てたように背を向けて言った。

啓は逆に言い捨てた。

「人間はみんな死ぬだろ。だったらこんなの、せいぜい臓器提供の同意書だ」

書き込んだ『日誌』を突き返す。突き返されたそれを、振り返りもせずに『太郎さん』は『日誌帳』に挟んで返し、啓はそれを黙って取り上げ、足元に置いていたリュックサックに詰め込んだ。

「………」

菊が、そんな二人の様子を見ている。

複雑そうな表情で、しかし何も言えないまま、胸の前で箒の柄を抱きしめて、二人の様子を眺めていた。

†

その日。

啓はスケッチブックに、『こちょこちょおばけ』の、最初の下描き描きこんだ。

顔に大きな黒い穴が空いて、校舎裏にたたずむ、〝留希〟の姿。

ぼんやりと立っているようにも、何かを探しているようにも見える姿。フィクションに出てくるゾンビにも似た、人間の自我を感じさせない、何かの下等な生物に脳を奪われでもしたかのような立ち姿。

その変わり果てた〝留希〟と。

そんな〝彼〟の立つ、校舎裏の背景と。

それから、それら全てを合わせたものと同じだけの、いやそれ以上の手間をかけて顔面の穴を描き始めた、その日。

四時四四分四四秒。

目を覚ました啓の目に入った、自分の部屋の壁には、黒い穴が空いていた。

「！」

思わず、驚いて見返した。

その時には、穴は、夢の続きの残像だったかのように消えていたが――それを幻覚や錯覚と決めつけるほど、啓という人間は楽観的ではなかった。

それに。

それにだ。

これはまだ、手始めにすぎないのだ。

――これから、『学校の七不思議』を描く。全部。

啓は復讐する。

全ての『無名不思議』に。そして『ほうかご』に。

少しでも描いて。『記録』して。

そして。

絵筆で傷をつけるのだ。少しでも。この理不尽な『世界』に。

3

十九回目。

チャイムと放送の後に、『ほうかご』に降り立った啓は、菊と合流すると、先週と同じように学校の正門へと向かった。

正門の鉄格子から、未練と共に『学校わらし』の輪に目をやって、そこに惺がいないことを改めて確認する。そして重いため息の後、おもむろに『学校わらし』に背を向けて、抱えてきたイーゼルを正門の前に立て、そこから真っ黒な空の下にそびえながら窓に明かりを灯す小学校を高く見上げて、その全容を見渡した。

「……」

静かに。

そして立てかけたスケッチブックに、手にしていた鉛筆で大雑把な構図の線を引き、次に鉛筆を寝かせて全体の陰影をつけて、画面の構想をまとめる。

そうして、しばし景色を見つめた後、啓は両手を目の高さまで持ち上げた。

人差し指と中指を合わせて伸ばし、親指を直角にした、三本指で作ったピストル。両手のそれを組み合わせて、四角形の枠を作ると、啓はしばしその中に景色を収めて眺めた後、横にいる菊に顔を向けた。

「頼む」

「うん」

菊はそれに応えてうなずく。そして、啓の後ろから手を伸ばして、啓が作った四角に、自分の『窓』を覆って重ねた。


「…………二森くん」

そして、気がつくと数十分。

集中して絵を描いている啓に、菊が顔を寄せて、ささやくように名前を呼んだ。

「ん……」

啓はスケッチブックから顔を上げ、暗く重い空に押しつぶされそうな校庭の静寂に耳をすませる。そしてその静寂の中に、かすかな足音が聞こえるのを確認すると、菊にスケッチブックを押しつけるように持たせる。そして自分は急いでイーゼルをたたんで肩に。それからそっと二人で、正門前から撤収する。

………

†

十九回目。

二十回目。

二十一回目。

正門で。

屋上で。

あちこちの廊下で。

階段で。

啓は校内を徘徊する〝留希〟を避けながら、延々と移動を繰り返して、校内のスケッチを繰り返していた。

学校と、『無名不思議』のスケッチを。

校内に存在する、全ての景色と『無名不思議』を写し取ろうとするかのようにだ。

啓の思いは、固まっていた。

昏く。重く。

怒りがあった。いずれ『学校の七不思議』の全てを描いてやりたいと、昏く、重く、固く、心の中で思っていた。

啓から惺を、そして惺が守ろうとしたもの全てを奪いつつある『学校の七不思議』を。

全て、どうにかしてやりたかった。啓のできる限り。画用紙の中に閉じ込めて、塗り固めてやりたかった。

大手を振ってあれらが自由にしているなど、許せなかった。

絶対に許せなかった。この日から啓の生活から費やせるものは、全て、残らず、そのために振り向けられた。

そのためだけに啓は生活した。全てを振り向けた。

時間。画材。技術。思考と思索と、そして——苦悩。

全てをだ。鬼気迫るほどに。それはかつて『まっかっかさん』を描いていた時とよく似ていたが、それ以上に凄絶だった。

夏休みに入って、学校の授業がない、その空いた時間が、ほぼ全て使われた。

部屋がみるみる荒れた。数えきれないほどのスケッチが、下描きが、習作が、失敗作が数限りなく描かれて、スケッチブックから破り取られた凄まじい数のそれらが部屋の壁に貼りつけられ、立てかけられ、床に並べられ、あるいは打ち捨てられて、積み上がった。

部屋がコラージュのようになっていた。めくるめく、目眩がしそうなほどの、一面を埋め尽くす世界の細片のモザイク。切り刻まれて撒き散らされた、『ほうかご』という名の暗黒の世界。そしてそれは、啓の頭の中そのものだった。

いまや、『ほうかご』のほとんどの景色と『無名不思議』が、啓のスケッチブックと、頭の中にあった。

夏休みの全てを使って、啓は『ほうかご』を巡り、目にしながら直接、あるいは後で記憶から、あらゆる光景を、スケッチブックに描き写していたのだ。

そしてそれらを並べ、眺め、反芻し、考える。

啓は目標を決めていた。

この『ほうかご』という、啓と惺と、その他の現在過去未来の全ての子供たちから、ただただ無慈悲に奪い続けるこの絶対的な理不尽に対してできる最大の反抗を、どうするべきか、啓はすでに決めていた。

一枚の絵に仕上げるのだ。

膨大なスケッチを、膨大な『ほうかご』を、一枚の絵につづり合わせる。啓はそのためにいま全てを費やしていた。スケッチを描き、並べ、選び、破棄し、描き直し、頭の中で悪夢のようなパッチワークを構想し続けた。

部屋の隅のイーゼルには、まだ何も描かれていない、大きな油絵のキャンバス。かたわらに予備もある。啓が抱えられるギリギリの、幅が六十センチを超える、この風景画向け比率の15号キャンバスは、この絵を描くために、わざわざ買ったものだ。

由加志が惺から引き継いだ、絵の販売の売り上げからだ。

そのお金からの貯金も一旦はたいて、新しい画材も買った。絵具に、油に、筆。せめてそれだけでも、惺と一緒に戦うために。

啓は、スケッチをちりばめた――――いや、そんな言葉で表現するにはあまりにも密度と情念のこもった部屋の真ん中に座りこみ、まばたきもせずに目を開けて、じっと思考とイメージの深淵に身を沈め続けた。

寸暇を惜しんで瞑想する修行僧のように思索し、ときおり並べたスケッチを入れ替え、あるいは描き加え、描き直し、捨てては新しいスケッチを描いた。

連日。毎日。幽鬼のような表情で。

その様子を母親には見せないよう、母親が仕事に出かけた後の家で。

菊は、そんな啓に『ほうかご』で協力しつつ、毎日のように啓の家まで、様子を見に訪ねてきていた。

大半の時間、無言か、独り言をつぶやきながら構想を続けるだけの啓といても退屈なだけに違いなかっただろうが、菊は持ってきた宿題や読書などをしながら、啓の様子を見守り、ときおり頼まれる雑用に応じていた。

菊は啓の心身を心配していたが、啓を止めようとはしなかった。

「ずっと見てても退屈だろ。付き合わなくていいよ」

「ううん、少しでも協力したい。わたしも、緒方くんのカタキは取りたいと思ってるから」

一度だけ啓は訊ねてみたが、菊の答えはそれだった。

「わたし、役立たずだったから……少しでも、なんでもいいから、役に立ちたい。わたしも二森くんも、いつ死ぬか分からないから。もし何もしないで二森くんが死んじゃったら、去年みたいに絶対後悔すると思うから……」

そう言われて、啓もわざわざ拒むことはしなかった。助かるのも確かだった。菊はお昼になると訪ねてきて、啓が食事をとったか確認し、必要なら買い出しも引き受けたが、啓だけならば忘れるか無視するだろうことが目に見えていたからだ。
二、三日に一度は、由加志にも会いに行った。
「……協力するのは約束だからするけど、おれは『ほうかご』には行かないからな」

そう迷惑そうにする由加志とは、惺から引き継いだ仕事についてや、惺に近い視点での『ほうかご』への対策や、作戦の話をした。

惺のやっていたことを、引き継げるものは残らず引き継ぐ覚悟でいた啓だったが、金銭や機器類に制約の多い啓には不可能なことも多く、結局そういったことは全て由加志に頼らざるを得なかった。

それに、由加志はオカルトに詳しかった。同じオカルトでも、『太郎さん』とは方向が違い、超能力や魔術や呪術といったものに関心が偏っていて、そして何よりも、現実をそういうものと結びつける思考が得意だった。

由加志の物の見方、考え方は、現実よりもオカルト寄りだった。

一言で言ってしまえば変わり者だった。だから不登校になるくらい学校では浮いていて、しかし同時に『かかり』の呼び出しを拒否することができるくらい『ほうかご』のルールに順応していた。

由加志と会った時点では、何をすればいいか実は分かっていなかった啓に、今の方向性を与えたのは由加志だった。

惺の死による、悲しみ、怒り、行き場を失って空回りするだけの覚悟。内心に押さえつけていたそれらに振り回されて、何をするべきかが分からなくなって、とにかく惺のやろうとしていたこと全てを引き継ごうとしていただけの啓に、できることとできないことを切り分けて、啓が『ほうかご』に対してできることを教えたのは由加志だった。

「――あんたは絵を描け。それしかできないし、それが一番いい」

由加志は言った。

あの〝遺書〟について伝え、『学校わらし』の中に惺がいないことを確認し、そのやるせない事実をふまえて引き継ぎについていくつも話をした結果、由加志はしばらく考えたあと、啓に対してそんな結論を下したのだ。

「うん、話を聞いたけど、やっぱあんたは〝それ〟しかできない。びっくりするほどそれしかできない。でもそれが一番有効なんだ。だったらそれしかないよ。最後の最後まで描き続けるのが、あの『無名不思議』の奴らが一番望んでることで、一番の痛手なんだ。それに専念するのが正解だ」

半ば呆れたように言った由加志。そして続けて、こう提案した。

「他のことは全部おれがやるよ。しょうがない。おれだって、『奴ら』にはできるだけ痛い目を見てほしいしな」

「……助かる」

「それはおれにはできないし、あんたにとってもいいことだろ。まず何描きたい？　やっぱり緒方君を殺した、『こちょこちょおばけ』からか？」

訊ねた由加志。

少し沈黙した後、啓は、ぼそりと答えた。

「……………全部」

「は？」

「全部。何もかも全部。この、、、世界は理、、、不尽だ。全部描かないと耐えられない」

その答えを聞いて、由加志はぽかんと口を開いた。

だがすぐに、引きつったように笑う。

「イカれてる」

そして言った。

「でも、いいじゃん」

ロックミュージシャンのような言いよう。ともかくそれで、方針が決まった。

これから取り組む啓の画題は。

――『学校の七不思議』

きっと、啓の人生最後の画題。

それから啓は、スケッチに取りかかった。菊と共に『ほうかご』を渡り歩いて。ときおり由加志の家を訪ねて、相談をしながら。

「あんたさ、来るたびに顔色が悪くなってるよな」

「あんたら二人だけでやってんだよな。他に誰かに頼ればいいんだけどな。『卒業』したＯＢとか。まあＯＢが『ほうかご』に入る方法がないんだけどさ」

「いま、助言くらいは受けられないかと思って、ＯＢ探してる」

「ネットでＯＢと一人、コンタクトが取れた。でもダメっぽい。『かかり』は基本イヤな記憶だからみんなできるだけ関わりたくないし、大人が『ほうかご』のことを憶えてられないみたいに、ＯＢもだんだんと『ほうかご』のことを忘れていくんだってさ。早く忘れたいと思ってる奴の中には、卒業式の後に学校を出た瞬間、全部忘れる奴もいるって。それに、ずっと『ほうかご』にいる『太郎さん』より詳しい奴なんかいないってさ。まあ、考えてみたらそれはそうだよな……」

いつもボソボソとした早口で、態度も迷惑そうだが、思いのほか親身に、あれこれと考えて手を尽くしてしてくれる由加志。

ずっと『かかり』から逃げ続けているせいで認識が甘いが、何とか『ほうかご』のウィークポイントや抜け道を探そうという思考を持った挑戦的な由加志と、たくさんの事例を知識として持っているが、その膨大な悲劇に押しつぶされて保守的な『太郎さん』。方向性は違うものの、どこか性質に似通った所のあるそんな二人を行き来して、それぞれから話を聞きながら、啓と菊は、『ほうかご』のスケッチを増やし続けた。

そして、部屋に並べる。

並べたそれを眺めながら、啓は頭の中で、パズルのように目まぐるしく並べ替える。

その一枚で『ほうかご』を、できるだけ『記録』することができる〝画〟を探して。

最も鋭い一撃となる絵を目指して。啓は日々を、そして自分の持つ全てを、ひたすらそれに費やし続けた。

日を追うごとに、徐々に徐々に、ほんの少しずつだが、啓はやつれていった。

その小さな身体の内の、生命を燃やしているかのように。しかしそれとは逆に、日を追うごとに啓の目は力を増して、神仏の姿を垣間見ようとする修行僧のように、時には爛々と光を宿した。

無数のスケッチに囲まれて、無表情に目だけを見開いて、部屋の端に座る啓。

そんな啓を見守る菊。そんな日々が繰り返される。週に一度の、〝留希〟のうろつく『ほうかご』には、緊張や危険が何度もあったが、夏休みのあいだ繰り返されるこの生活にはある種の安定があって、傍目には奇妙に穏やかにも見える日々だった。

「……じゃあ、二森くん。わたし、そろそろ帰るね」

「うん？　あ、もうそんな時間か……」

この日も、そんな日がまた一日、終わる。

そろそろ部屋に明かりが欲しくなる時間になると、隣の部屋で過ごしていた菊が、声をかけて帰り支度をする。啓はそれを聞いて、日が落ちかかっていることにやっと気づいて、この瞑想じみた作業を中断する。そして菊を送り出したあと、母親が帰ってくる前に痕跡を消すために、部屋を片付け始める。

いつの間にか、そんなサイクルができていた。

この日も作業をやめ、立ち上がる啓。立ち上がろうとして、ふらついた。慌てて壁に手をついた。

「あっ……！」

見ていた菊が、ふらついた本人よりも慌てて近寄ろうとし、スケッチを踏みそうになって、たたらを踏んだ。

「だ、大丈夫……？」

「……ずっと座ってたから、足が痺れただけ。そっちこそ大丈夫かよ」

転びそうになって、音を立てて襖をつかんで何とか踏みとどまった菊に、啓は言う。菊が恥ずかしそうにする。啓は小さく笑う。

「……じゃあ、帰るね」

「ああ」

「ほんとに……大丈夫？　体の調子とか……何かおかしなこととか、ない？」

「なにもないよ」

「じゃあ……ばいばい。また、明日」

菊が、小さく手を振って、啓の家を辞する。啓はそれを見送った後、一人になった家で、自分の部屋の元の場所に戻り、またスケッチに囲まれて、座り込む。

「………………」

じっ、と部屋を眺める。

無言で、静かに。

その正面の壁には、黒い穴が空いていた。

それだけではなかった。全て。そう広くもない啓の部屋の中は、座り込んだ啓を中心に壁も床も天井も空間も、ほとんど隙間なく、まるで異次元の病変のように、折り重なるようにしてひしめく無数の怪異に覆い尽くされていた。

壁が、床が、天井が、異形と化していた。部屋は、周囲は、視界は、真っ黒な黒い穴に、ケタケタと笑う子供の描いた肖像画に、歩き回る赤い靴に、ねじくれた樹皮のように絡みあった無数の腕に、ありもしない学校の扉や窓に、そこから覗きこむ人影や子供の顔や毒々しい色をした怪物に、並んでぶら下がった二つの血みどろの赤い袋に――それからその他の無数の異形の存在によって、パッチワークのように覆われていたのだ。

おぞましい怪異のパッチワークが、怪談のコラージュが、部屋を完全に侵食していた。

視界を切り刻まれているかのように統一性も脈絡もない景色と、それらの立てる混沌とした音に取り囲まれて、部屋は狂おしい様相と化していた。そしてこれらは、菊が家にいた時からずっとこうなっていた。この正気を失いそうな、いや、もしかするとすでに失ったかのような光景は。啓以外には見ることも聞くこともできないのだ。

眩暈がしそうな崩壊した景色が、音を立てていた。

足音がする。話し声がする。泣き声がする。笑い声がする。物音がする。ピアノの音がする。

チャイムの音がする。水のしたたる音がする。

ノイズがする。何人もの人の声が、耳元でささやく声がする。

鼓膜に息を吹きかけられたかのような、詰まったような感覚がする。めくるめく音と、めちゃくちゃな視界によって、感覚がおかしくなり、頭がおかしくなる。

そして、そんな啓の前に、赤い足が立った。

かすかに輪郭のぶれた、赤い靴と足。赤いズボンと上着とシャツ。

そして。

かき切られた喉と――引きつったように笑った、啓の口。

目の前に立って、啓を見下ろし、そして笑った、『まっかっかさん』の姿。

「…………」

じっと、無言で、啓は見つめた。

きっと、いずれ自分は殺されるだろう。確信があった。

確信しながら、啓は眉を寄せ、目の前の『まっかっかさん』に手を伸ばし、腕を振って払いのけた。

「どけよ」

そして言った。

「そこに立たれたら、見えないだろ」

4

夏休み最終日。

明日にはまた、学校が始まる日。

そんな日の、しかし、だからといって普段と変わらない朝。母親の用意したトーストとヨーグルトの朝食をこの日も黙々と食べていると、出勤前で忙しくしている母親が、珍しい様子で話しかけてきた。

「啓……明日から学校でしょ。大丈夫？」

どこか、心配そうな様子。

啓は胡乱げに、そして、少しの警戒と共に顔を上げて、母親に答えて訊き返した。

「大丈夫、って、何が？」

「なんか最近、疲れてるみたいに見えるから。気のせい？」

そう言われて、啓はきょとんとした表情をする。作った表情だ。そんなこと初めて言われたと、気づかなかったと、そんな主張の表情。

「気のせいじゃないかな」

そして言う。

「なにもないよ」

「そう？　だったらいいけど……ほら……」

煮え切らない様子の母。啓は首をかしげる。

「なに？」

「えーと、ほら、あの……緒方君のこと、あったじゃない？」

「！」

「緒方君があんなことになって、お葬式に行った後くらいから、ずっと啓の様子が少し変に見えて……心が疲れてるみたいに見えたから、学校に行くのは、大丈夫なのかな、って思ったの……」

言いづらそうな母の言葉に、啓は自分が思っていたよりもショックを受けていた。

そして、そんな自分にも、啓はショックを受けていた。啓は母親に『ほうかご』のことを何も知らせないために、どんな会話があったとしても、心を殺して知らない顔をする覚悟を決めていたからだ。

二重にショックがあった。母親に言われて、自分の心が動いたこと。

それから、今まで何もないふりをしていたのに、何か普通ではないようだと、母親に気づかれていたこと。

そして思い出した。

今まで、あまり思い出さないようにしていた光景を。

惺の葬式。

夏休み中に惺の葬式があり、啓のような子供同士の知り合いのために、お別れ会の時間が作られていて、啓はそれに、母に連れられて参加したのだ。

お別れ会のことを母から伝えられた時、啓は反射的に「行かない」と言ったのだが、母は啓のための正装を用意して、わざわざ仕事を抜けて啓を連れ出した。元々、大人の目のあるところで、『ほうかご』にかかわる惺の死に向き合いたくないという、反射的とも本能的ともつかない拒否にすぎなかったので、そこまでされて抵抗はしなかった。

式は盛大だった。テレビでしか見ない、著名人の葬式のようだった。

明るく広いセレモニーホールが、盛大に厳粛に飾り付けられ、大人も子供もたくさんの人がいて、みんなが悲しんでいた。

すでに心が潰れていた啓は、その光景を前にして、奇妙なくらい実感がなかった。

ここで悲しんでいるみんなの仲間に、自分が入れてもらえるという気がしなかった。感じたのは惺が遠くへ行ったという実感だけ。そして自分の着ている新しい正装の値段を思って、母親に申し訳ないという気持ちが、頭の端に浮かんでいた。

会場に、涙を浮かべて、参列した一人一人に挨拶をしている、惺のお母さんがいた。

啓とも互いに顔を知っていて、声をかけられたが、啓は目を伏せるばかりで、何と言って答えればいいのか分からなかった。

惺の死が、大人たちの中でどういう形になっているのか、啓は知らない。あまり話してボロが出ないように、あまり詮索しないようにしていたからだ。

だがそうなると、子供に知れることはあまりにも限られていた。だから、表でどんな事件として扱われたのか全く分からず、しかし惺が『無名不思議』によって死んだという〝真実〟を知っている啓は、そのことで惺のお母さんに対してひどい負い目を感じた。

盛大な葬式が、飾り付けが、照明が、自分を責めているように感じた。

そしてそんなセレモニーホールの光の中で、啓は『ほうかご』の校庭で行った、真っ暗な空の下の、真絢とイルマの葬送を思い出していた。

暗くて、粗末な、あの弔いを。

そして、いま大勢の人たちが悲しんでいるのとは違い、たった数人の自分たちしか見送る人がおらず、さらに家族からもクラスメイトからも忘れられてしまって、弔われることさえなく存在が消えてしまった、みんなのことをだ。

あまりにも寂しい、最後を。

たった十年と少しで未来を断たれ、そしてたったそれだけの生きてきた証すらも、何もかも全て消えてしまったあの子たちのことを。

だから思った。

惺は、きっと、これでよかったのだと。

そして啓は、惺とは違う方の仲間入りをする。それを望んでいた。そして思った。自分がそれを望んでいる以上に、自分にはそれが相応しいのだ、と。

惺のお母さんに何も言うことができない自分には、光の中で弔われる資格はない。

そして心から悲しみながらここに立っている惺のお母さんを見て、思ったのだ。自分の母親には、こんな顔をさせるのは嫌だ、と。

自分は消える。六年生の終わりまでに。

だから、できるだけそれまでの間、母親には不審を感じさせたくはない。

何の不安もなく、ずっと普通の日常を過ごして。

そしてある日、何の前触れもなく、唐突に、自分の存在がなくなるのがいい。

それが理想。

だから。


「…………」


少し不審に思われていたという事実と、急に振られた惺の話で、動揺しそうになった自分の態度を、啓は一瞬で、必死で立て直した。

まず思い出した。過去の自分を。

かつて裏で父親に酷い嫌がらせをされて、その意味も理由も悪意も理解できないまま、ただとにかく母親には知られてはいけないとひた隠しにしていた、幼い頃の自分を己の中に呼び戻した。

そして、その自分に、表情を作らせて、言わせた。

「大丈夫。なにもないよ」

「そう……？」

「今、どうしても描きたいけど難しい絵に集中してるから、疲れてるのはそうかも」

本当ではないが、全くの嘘でもない理由をつける。母は、啓の絵にかかわることには、あまり反対しない。だからそれを前面に立てる。

「今まで描いたことのない感じの絵で、すごく悩んでる。でも完成させたくて」

「そう。それならいいんだけど……」

母は、半分くらい納得した様子で、そしてもう半分は出勤時間に追われて、この話を切り上げる。

「でも、体を壊すような根のつめ方はしないでよ？」

「わかってる」

トートバッグを肩にかけながら、心配そうに言う母。

啓は素直に返事をした。いつもそうしているように。

いつもと変わらない表情で、母を見る。


その真横に、赤い袋が吊り下がっていた。

部屋の壁に穴があった。

視界の端に見える洗面所の鏡が、赤紫色に光っていた。

耳元で、ぼそぼそと『まっかっかさん』がささやく。

「──────」

上手く聞き取れない、うわごとのような言葉。しかしそれは聞き取れないにもかかわらず精神に毒のように染みこんできて、啓は母親に気づかれないように、そしらぬ顔をして、テーブルの下で左手を強く握りしめた。

薬指の爪が、手のひらに突き刺さる。

剣の切っ先のように尖らせて切った薬指の爪が、手のひらの皮膚をぶつりと破り、中へと食い込んで、肉の内側に触れられた神経が、痛みで灼熱した。

「行ってらっしゃい」

啓は言った。何事もないかのように。

左手の手のひらに、ぎりぎりと、力の限りに爪を突き刺しながら。

「うん、じゃあ、行ってくるね」

玄関でせわしなく靴を履きながら、母が言った。

「ごめんね、お皿、片づけといてね。それから明日の学校の準備も」

「わかってる」

啓は答えた。そしてテーブルについたまま母親を見送り、耳を澄ませても足音が聞こえなくなるまで、握りしめた左手に力を入れ続けた。


「っ!」

そして、母親が戻ってこないことを確信してから、啓は耳元の『まっかっかさん』を振り払う。何の手応えもなく、あんなに近くにいた『まっかっかさん』が夢のようにかき消え、同時に周囲にひしめいていた『無名不思議』が影か幻のように消え去って、後には左手のひらの痛みだけが残った。

啓は、つぶやいた。

「……急がないと」

だんだんと『奴ら』が鮮明になっていた。だんだんと頻度も増えていた。

啓は自分の部屋を振り返った。視線の先は、今は襖が閉じられていて見えないが、自分の部屋のイーゼルに立てかけられたキャンバスのある方向だった。

啓は席を立ち、部屋の襖を、する、と開ける。

キャンバスが姿を現す。それは今、元の白紙ではなくなっていた。

そこには、異常なコラージュがあった。

キャンバスがスケッチで覆われていた。キャンバスの表面に、一見して数えられない程の異形めいたスケッチが、まるで鱗のように張りつけられていた。それは今まで描いてきた、無数のスケッチから徹底的に選び出されたもの。それが切り刻まれて形を整えられて、パズルのようにぎっしりと、キャンバスを埋め、画鋲によってとめられていたのだった。


絵の構想が、完成したのだ。

後は、最期まで進むだけだ。


今の啓の状態は、誰にも言っていなかった。

母親にはもちろん、菊にも、由加志にも、『太郎さん』にも。

たぶん、今、啓は全ての『学校の怪談』を背負っている。『無名不思議』を、つまり『ほうかご』を、全てこの身に背負っている。

いずれ自分は死ぬだろう。この『無名不思議』のどれかによって。

一度は大人しくなった『まっかっかさん』の予言の通り。必ず自分は死ぬだろう。

「なにもないよ」

そう言って、誰にも知らせずに、啓は全てを背負った。

惺がそうしていたように。啓は、惺を引き継いだのだから。だから啓は、惺のように、誰にも知らせずに、全てを背負って、死ぬ。

みんなを救うために。

菊を、それから学校の全ての子供たちを救うために。

惺が救おうとしていたものを救うために。救おうとして——そして、きっと、たぶん、惺のように死ぬだろう。

そうして『学校わらし』の輪に加わる。

表の世界を『無名不思議』から守る、防波堤の一部になる。

惺がそうしたいと願った、望みを代わりに叶える。

そして啓はその副産物として、あるいは報酬として——母親を、自分という存在から解放するのだ。

啓は、心に決めていた。

怖くはなかった。しかしそれは、死によって願いが叶うからではない。

そんなもので、死ぬのが怖くなるはずがない。化け物が怖くなくなるはずがない。

だとしたらなぜか。

啓はすでに——絵描きとしてそれらと向かいあっていたからだ。

そこにあるのは画題。それが全て。他はもう、何も必要なかった。

もしも望みがあるとするならば、終わりの時までが、少しでも遅いこと。少しでも長く、描く時間をもらえることだけ。

…………

5

二十二回目の『ほうかごがかり』。

新学期が始まった始業式の日と同日。この日、『ほうかご』に姿を現した啓は、今までとは違って、スケッチブックを抱えていなかった。

代わりに抱えているのは、もっと大きく嵩張るもの。

油彩のキャンバス。小柄な啓には、なおさら厳つく重そうに見える、その15号キャンバスをイーゼルと共に『開かずの間』に持ち込んだ啓は、まず部屋の中にイーゼルを立てて、次に帆布のリュックサックから油絵の道具を出して、床に広げた。

イーゼルに取り付けられたキャンバスには、すでに鉛筆で下描きがされていた。

あの『ほうかご』の景色を、いくつもコラージュした悪夢のような絵画。下描きの時点ですでに恐ろしく細かく、画面全体を線が覆っている。


「……じゃあ、行こう」


そして啓は、それを置いて、菊と共に『開かずの間』を出た。

明かりがあってなお薄暗く、スピーカーからのノイズが満ちている廊下を、警戒しながら移動して、『ほうかご』のあちこちを見て回る。

あらためて観察する。ディテールを、色彩を、目に焼きつけるために。

この目で見える景色と姿を。そして、この目で見える姿だけでなく――時に『窓』を覗いて、それを介して見える、その〝本当の姿〟も。

「……頼む」

「うん」

やがて啓と菊は、曲がり角に身を隠し、廊下に立っている〝留希〟を見つけた。

顔面にぽっかりと大きな黒い穴を空け、ぼんやりと立っている〝留希〟。その空洞が、今にもぐるりとこちらを向くのではないかという緊張を張りつめさせながら、息を潜めて、啓はその異形の存在を狙うように両手で四角の窓を作った。

そして小声で菊に声をかけると、菊はうなずいて、後ろから、啓の窓に自分の『狐の窓』を重ねる。啓は二重になった『窓』を動かし、向こうに見えている〝留希〟の姿に、その四角形を、重ねあわせる。

そして覗くと――――穴の色が、赤に変わった。

こうして『狐の窓』を透かして見る〝留希〟の顔面の穴は、赤くなる。透かして見ると正体を見破るという、この『狐の窓』の〝まじない〟は、ただでさえ異様な『ほうかご』の景色と、そこにいるモノからまやかしのベールを剝ぎとって、その結果、さらに異様な何かを覗かせるのだ。

かつて啓が『まっかっかさん』でそうしたように、こうして〝留希〟を覗くと、肉眼で見ると黒かった穴が、赤に変わる。

光や塗料のような、均一な赤ではない。血の色だ。さらに言うなら毛細血管の色。真っ黒な穴の中に照明を当てて、その中を覗きこむと、中が目視できないほど細かい毛細血管にびっしりと内側が覆われていたような、そんな生きた色なのだ。

質感があり、密度のようなムラがある、生々しくて、少し濁った厭な赤色。

それが、小作りで愛らしい留希の顔面を、丸く切り取った中に、のっぺりと延べ広げられている。

そして、ときおり蠢くのだ。

毛細血管のような色彩が、生きた肉のように、いや、断続的にぎゅるりと動くそれは、何らかの臓器にも、あるいは眼球にも似た動きだった。

その様子を啓は、息をつめて、見つめる。

じっと観察する。これを見るのは二度目になるが、変わらず異様な不安感と不快感が、その色彩にはある。

その色を、不快を、啓は、目と心に刻み込む。

これこそが、『こちょこちょおばけ』の正体の一端。どうしてそう見えるのかは理解できないが、少なくともこれこそが、『こちょこちょおばけ』を描くにあたって、キャンバスに写しとらなければならない、重要な要素に違いないのだった。

だから観察する。

息を潜めて。

じっと。

二人の『窓』を重ね、廊下に満ちるノイズに囲まれて、潜めた二人ぶんの呼吸を互いに間近に聞きながら、じっと身を隠して見つめる。

そうしていると、『窓』の中で、〝留希〟が不意に動いた。

今まで昆虫のように身じろぎもしなかったのが、唐突にぐるりと頭を巡らせて——


「！」


歩きだした瞬間、啓は菊に指示して、さっと廊下の曲がり角に身を隠した。そして素早くその場を離れた。どこへ〝留希〟が向かうかの確認などしない。とにかく早く離れる。こんなところで余計な危険を冒す必要はなかった。そして二人は、そのまま真っ直ぐに『開かずの間』へと戻る。

そして啓は、そこで絵筆をとる。

つい今しがたの記憶が薄れないうちに、たったいま見てきたものを、キャンバスへと描き写す作業を始める。

キャンバスに描かれた下描きには〝留希〟の姿もあった。

まずそれに取りかかる。目を閉じて、強く記憶を呼び起こす。

「……」

啓からすると大判とはいえ、油絵としては決して大きいとは言えないキャンバス。

その画面にぎっしりと詰めこまれた『ほうかご』は、まだ下描きに過ぎないが、もしも完成させるとするならば、細密画としか言いようのないものだった。

十五世紀の宮廷画家ヤン・ファン・エイクが、人物のいる室内を描いた絵の中にある、壁にかかった直径五センチの鏡の中に完全な鏡像を描き込んだような、そんな領域へ挑むかのような細密画だった。同じ絵の中で、絵画の中の調度の五ミリしかない飾りの中に描かれた宗教画と、ペットの子犬の毛を一本一本マイクロメートルの細さで描いたあの領域を、啓はそれが必要ならば、躊躇なく目指すつもりでいた。

「……よし」

目を開けた啓は、パレットの上にチューブの絵具を出し、色を調合する。

そして薄く下色を塗ると、帽子のつばを後ろに回し、キャンバスに鼻がつきそうなほど顔を近づけて、細部を描き込み始める。

至近距離で鼻をつく、絵具と混ざった、揮発する油の臭い。

身に染みつくほど嗅ぎ慣れた臭い。それを吸い込んで、最初のひと筆を乗せた時には、啓の意識は集中の世界に入り、油の臭いはもちろん、周囲の音さえも、目の前の色彩以外には、何も入らなくなっていた。

「……なんだよこの臭い」

顔をしかめて言う、『太郎さん』の言葉もだ。

「長いあいだここにいるけど、この部屋がこんな臭いになったこと、一度もないぞ。この部屋がアトリエになったこともさ！」

文句を言う『太郎さん』。だが誰も、返事さえしなかった。

菊が、ちょっと戸惑ったように、視線を向けただけ。

結局、奇妙に張りつめた沈黙だけが部屋に落ちて、それから啓が一時間以上、一心不乱に絵を描き進め続けるだけの時間が、『開かずの間』で過ぎた。

そして。

「……ん」

やがて、顔を上げる啓。

キャンバスの数ヶ所に、色が塗られていた。

数パーセントの進捗。啓は絵筆を置くと、しばらくじっとキャンバスを睨む。

それから菊を振り返った。パレットナイフを絵道具の中から取り上げて、ズボンのベルトの後ろに手挟みながら。

「次。見に行こう」

床に座りこんで、描き進められる絵を見ているうちに、うとうとしていたらしい菊は、慌てて立ち上がった。

「行けるか？」

「う、うん！」

そして、かたわらの箒を胸に引き寄せて、言った。

「だっ、大丈夫。どんな危ないとこでも、大丈夫」

眉を寄せて言う啓。啓自身は覚悟を決めている。しかしだからといって、必要もないのにわざわざ危険を冒すつもりはなかった。

「……行かないよ。わざわざそんなとこ」

死ねば、絵を描き進められなくなるのだ。

いざそうなってしまえば仕方がないし、『ほうかご』全ての絵を描くなどという、そうなるだけの無謀なことをした自覚はあるが、だからこそ今は、余計なところでリスクを踏むつもりはなかった。

自分への『無名不思議』の侵食に、啓はまだ耐えられていた。

激烈な侵食が来るかと覚悟していたが、今のところは幸いにも、そこまでではない。

それなら、少しでもこの状態を引き延ばしたい。

「あ……」

だから、わざわざ危険な場所には行かない。

なのだが――

「でも、もし危険なところに行くことになっても、大丈夫だから」

菊は、胸のあたりで箒の柄を、ぐっ、と握りしめて、気負って言った。

人の役に立ちたい菊は、啓と二人だけになった今、無闇に果敢になっていた。

菊が危険を冒すことに、難色を示す人間は、もういない。菊の能力を気味悪がるかもしれない人間も、もう誰もいなくなった。

だから菊は、もう誰の目を気にすることもなく、危険に飛び込もうとする。ずっと止められて、庇われていた危険の中に、自ら飛び込んで、隠すしかなかった能力を誰にもはばかることなく使って、人の役に立つことができると。

だが、実のところ。

啓は、惺と同じく、菊を危険にさらすつもりはなかった。

啓の絵に、彼女の協力は必要だ。だが彼女の望みには反して、啓はそれ以上の危険には彼女をさらす気はなかった。

庇うつもりだった。パートナーとしての感謝と情。しかしそれ以上に、それこそ菊には不本意だろうが、惺が守ろうとした対象に、菊も含まれているというのが最大の理由だった。

啓は、惺の使命を引き継いだのだ。

啓には、惺のように過保護にはできなかったし、するつもりもなかった。だが本人には何も言っていないし、言えば怒るか悲しむだろうが、菊を危険からできるだけ遠ざけるという方針は、明確に持っていた。

菊は生き残らせる。

自分が生きている限り。

自分の命で引き換えにできるなら、それで。

だから、啓は——菊には言わずに、密かに『テケテケ』の『記録』も作って、その『日誌』に署名していた。

「行くか」

「うん」

啓は、そんな思いを腹の底に隠して、菊をうながす。

また、これから着彩する、別の場所を見に行くため。

「あっ……ちょ、ちょっと待って」

そうして、二人で『開かずの間』を出たところで、菊が慌てた声を出した。

「⁉　どうした？」

「えっと、これ、持って来ちゃった……」

菊は恥ずかしそうに、剝き身で手に持っていた『日誌帳』を見せる。

「……確かにいらない」

「だ、だよね……」

うっかり持ったまま出て来てしまった、明らかに邪魔になるだけの『日誌帳』。それを置きに、急いで『開かずの間』に戻る菊。その背中を、啓は呆れたように見守っていたが、思った以上に気を張っていた自分に気がついて、小さく息を吐いて、少しだけ笑った。

6

「お前らー、こんなに気が緩んでるってことは、夏休みは楽しかったみたいだな？　よかったな。一応教えとくけど、お前らが長期休みでも、先生は別に休みじゃないからな。補習やら出張やら二学期の準備やらで、先生は普通に毎日出勤だったんだからな。少しは先生に感謝の心を持てよ。それから大人になったら一ヶ月以上の休みなんて二度とないから、今のうちに噛みしめとけよー」

朝の会の開始時間になっても一部が私語をやめないクラスに向けて、担任のネチ太郎の説教が始まって、本格的に始まる新学期。

その片隅にいる菊。始まった学校は、少なくとも菊のクラスから見る限りでは、夏休み前と変わらない、平穏そのものの学校だった。

だが――惺は死んでいるし、留希は消えている。惺のいたクラスは、中心人物だったクラスメイトの死という出来事に、明らかにざわついて浮き足立っていたし、留希の存在は学校から完全に消えてなくなっていた。

菊の新学期は、そうして始まった。

傍目には何の変わりもない新学期。しかし菊からすると、学校は明らかに、夏休み前とは変わってしまっていた。

惺がいない。

留希がいない。

啓との関係は深まっていたが、惺がいないせいで、学校で話すことはむしろ減った。

そして――夏休み前にはいなかったと思う『目に見えないモノ』が、休みが明けた学校には、増えていた。

元々霊感のある菊は、学校でも外でも、この世のものではない何かに人が近づいてしまっているのを見かけるたびに、それとなく引き離すといったことを今までもしていたが、明らかにそうする必要のあるものが校内に増えていた。

新学期になって数日して、菊が校内に危険な〝何か〟がいないかと、それとなく見回っていると、休み時間に一年生が、何人か校舎裏に集まっているのを見つけた。

「……なんの穴？」

「なにか見える？」

「見えない」

壁に張りつくようにして口々に言い合っている、その小さな子たちの様子を見て、菊は思わずぞっとなった。そこが『こちょこちょおばけ』の本拠地だったことを菊は知っていたし、何より子供たちが頭を寄せあうようにして熱心に覗き込んでいる壁に、穴なんか空いてなかったからだ。

「！」

急いで『狐の窓』を向けて確認すると、そこに穴が見えた。

黒い穴。そしてその黒い穴の奥から、じわ、と浮かび上がった、爪先立ちで穴を覗いている一年生の目と触れんばかりに近い真っ赤に充血した凝視する目と、それが見えていない様子の一年生。

菊は慌てて、その子供たちに近づいた。

「だ、だめだよ！」

声をかける。驚いて振り返る一年生たち。

「あ、あぶないから、壁にイタズラしちゃだめ。先生に言うよ？」

「はぁーい……」

菊の注意を受けて、立ち去る一年生。子供たちを追い払った菊の背中に、視線を感じる。

後ろには、校舎の壁しかないのに。『狐の窓』を向けていない菊には壁しか見えない。しかしどこから視線を感じるのかは、明らかだった。

「………」

そこに何がいるのかも、明らかだった。

明らかに『無名不思議』が、昼の学校に染み出していた。

元『かかり』の命を使った『学校わらし』の輪は、『無名不思議』が外に出ることを阻んでいる。だが小学校の中は〝輪の中〟だった。孵化して育った『無名不思議』は、だんだんと学校に現れ始めるのだ。菊はそのことを知っていた。

すでに『赤いマント』もそうなっている。

いまや菊は怖くて遠目で窺うことしかできない、個室に赤い袋が並んで吊り下がっている『赤いマント』のトイレは、なぜだか利用者が少ない。目撃した子がいて噂になっているのか、それとも見えてはいないが嫌なものを感じ取っているのか、とにかくこのトイレは何となく避けられていた。いつ見ても人がいないのだ。

同じような現象を、菊はもう過去に経験していた。

去年『かかり』の犠牲者がだんだんと増えて、人が少なくなってしまった、後半にだ。減った『かかり』は餌食にされて、同じ数の成長した『無名不思議』が現れて、学校をうろつき始める。去年の最後は、そうなってしまった学校を惺と二人だけで、ひたすら身を潜めるようにして、やりすごしたのだ。

今回はずいぶん早くそうなった。

惺は、そうならないようにしたいと願って、今度は防ごうと、あれこれ試みていたのに皮肉だった。

今、また、取り残されるように二人だけになった。

二度目。二人きり。命がけの『ほうかご』。今度は啓のことを手伝いながら。

ただ――

そんな二人の状況は、意外なほど、安定していた。

二十二回目。二十三回目。二十四回目、二十五回目……ずっと『無名不思議』の絵を描いている啓と、描き進めるたびに繰り返しモデルを見に行って、そのたびに『狐の窓』や見張りを手伝って、『かかり』として仕事をしている生活。

その繰り返しが、何だか安定していた。

徐々に徐々に、少しずつ状況が悪化を続けているのは間違いない見せかけだけの安定だったが、菊はその生活にある種の安定と、それから充実のようなものを感じていた。

今の菊は、何の役にも立つことができない、ただ守られるだけの弱者ではなかった。役に立っていた。役目と能力が求められて、認められていた。

恐れより、悲しみより、それによる喜びが勝った。

恐怖と悲劇には、去年からの経験のせいで諦めと覚悟があった。きっと避けられないと。それならその過程には、喜びがあった方がいい。

啓のお手伝いをする。

そして啓と一緒に、『ほうかご』に爪を立てる。

理不尽に死んだみんなのために、惺のために、そしていつかそうなる自分のために、『ほうかご』に少しでも仕返しをするのだ。いや、最終的にはそれもどうでもいい。菊は啓のために何でもしようと思った。初めて自分を認めてくれた啓のために。

死んだみんなのために、という思いは菊にもあったが、諦めと覚悟のせいで、うっすらと麻痺していた。

だから、それは啓に任せる。この『ほうかご』という理不尽に一矢報いたいという強い思いも、そのための手段も持っている、啓に。

菊は、それを支える影でいい。

それで幸せだった。絵を完成に近づけてゆくにつれて、どんどん疲弊してゆく啓を支えながら、菊は思っていた。ずっと、このまま続けばいいのに、と。

だんだんと、描き進められてゆく絵。

だんだんと、本人は何も言わないが、きっと描いているたくさんの『無名不思議』に脅かされて、弱っていっている啓。

いつか終わりが来るだろう。

もしかすると、すぐにでも。

菊はそれを支える。少しでも啓の終わりを引き延ばそうと。

一日でも長く啓に絵を描いてもらおうと。そのためになら、菊は何でもする。

だから。

「……またか？」

「ご、ごめんね」

また、うっかり『日誌帳』を持ったまま出てしまった菊は、啓の少し呆れたような声を聞きながら、慌てて『日誌帳』を置きに、『開かずの間』に戻った。

同じ失敗を、もう何度もやっていた。原因は簡単だ。啓が絵を描いているのを待っている間に、菊も自分の『日誌』を書いているのだ。

だから持ったままで、急に言われると、忘れて出てしまう。

菊は『開かずの間』に、小走りに戻る。出てすぐに戻ってきた菊に、『太郎さん』がいぶかしげに振り返る。

「……なんだ？」

菊はそのまま駆け寄って、『太郎さん』に『日誌帳』を手渡した。

「これ……」

「ああ。またか」

啓と同じことを言って受け取りながら、『太郎さん』は帳面をぱらりと開いて、中を流し見る。そして、諭そうとしているのか、それとも呆れているのか、何とも判別のつかない苦々しい表情で、ぼやくように言う。

「まったく、キミらは」

菊に目を向ける『太郎さん』。菊は何も答えなかった。ただ『太郎さん』に向けて、にこりと笑顔を浮かべて、人差し指を一本立てて、しー、と自分の口元に当てて見せた。

「はあ……」

ため息をつく『太郎さん』。

それ以上は何も言わずに、目線だけで、さっさと行くようにとうながした。

そして机の上に積まれていた他の『日誌帳』の上に、受け取った菊の『日誌帳』を、ぞんざいに積む。

今年の『無名不思議』、七つ全ての『記録』のページと、その全てに記録者として自分の署名を入れた、啓と同じことをした『日誌帳』を。

啓と同じ『日誌帳』を。

少しでも啓の助けになるため。

少しでも啓に向かう『無名不思議』を引き受けるため。

一日でも長く、啓に絵を描いてもらうため。

啓は生き残らせる。

そしてここまでしたのだから——

この『無名不思議』のどれかによって。いずれ自分は死ぬだろう。

†

二十六回目。

二十七回目。

二十八回目。

そして二十九回目の『ほうかごがかり』を終え、記念すべき三十回目。いつものようにチャイムと放送によって呼び出されて『ほうかご』に立った菊は、それと同時に自分が、たくさんの視線にさらされていることに気がついた。

「えっ」

顔を上げる。そこは、自分が担当している『テケテケ』のいる教室。

廊下側の窓をテープで塞いだ教室。塞いだテープの間から、教室の後ろに子供たちが図画工作の授業で描いた、互いの肖像画が並べて貼ってあるのが見える、いつも最初に目に入る教室だった。

今は、『窓』を介して見なければ、何の異常もないはずの教室だった。

菊が、封じたはずの教室。

その教室の、肖像画が。


増殖していた。


後方の壁一面に、縦横に並べて貼られていただけだった絵が、いつの間にか滅茶苦茶に数を増殖させていて、完全に後ろの壁からあふれて、教室中の天井や窓や棚や床や、黒板や机の板面に、おぞましく悪化した病変のように、覆って広がっていたのだった。

絵が、教室内を、侵食していた。

そして教室を埋め尽くし、見ていた。

凄まじい数に増殖し、折り重なるように教室の中を埋め尽くしていたそれらの、いびつで不統一に戯画化された無数の目。それらがぎょろりとこちらを、廊下に現れた菊の方を、一斉に向いて、そして凝視していた。

「あっ……」

悪寒が走った。鳥肌が立った。

初めて見る変化だった。絶対に、よくない変化だった。

目が合っていた。壁を這うように広がった、無数の上半身の絵と。そして壁を這って増殖したそれは、教室後方の出入口の、扉の隙間から廊下の壁にあふれ出していて——

剥き出しのそれと目が合った。

画用紙の中のそれが、明らかにこちらへと向けて身じろぎした。

動いた途端に、画用紙の下部で、胴体が断ち切れて離れた。その断面から、どっ、と大量の血があふれて、そして絵から廊下の壁に向けてこぼれ、カーテンのように壁をつたって流れ落ちた。

そして——全ての絵が、その瞬間に動き出す。

人間の子供の上半身を模した何かが、絵の中から蛹を脱ごうとするかのように一斉にみもだえし、引きちぎれた腹部から流血して、一瞬にして教室の中が、視界が、流れる血でいっぱいになった。

めしゃ、と紙を握って潰す音がした。絵の人間が、画用紙の縁をつかむ音。

あっ、ダメだ。即座に悟った。下手くそな、あまりにも歪んで戯画化された、あまりにも原始的に人間を表現したそれから、強烈な剝き出しの、〝悪意〟を感じた。

「…………!!」

思った。とうとうこの時が来た。

顔が引きつった。ばくばくと心臓が鳴った。

ここで、どうにかするしかない。菊は、手にしていた箒を、怖れと緊張で震えながら、啓への使命感だけを支えに、構える。

が。

足をつかまれた。

振り返った。えっ、と。

そして絶望した。そこに見えた光景は、終わっていた。

菊の背後の、教室の前側の扉が、完全に開いていた。そしてそこからあふれだした異常な数の子供の肖像画が、廊下の壁から床から天井までを完全に埋め尽くして、そこから何人もの上半身が這い出していて――菊の足元に迫り、その先頭の一体が、菊の足首をしっかりとつかんで――そして菊を見上げて、目鼻口の造作のズレた顔面で、笑って、いや、嗤っていたのだった。

脳裏に、『テケテケ』の話が浮かんだ。

追いかけてきた『テケテケ』に捕まると、食べられてしまう。

あるいは、噛まれたり、つかまれた場所が、腐ってしまう。

足首を痛いほど強くつかむ、明らかに人間の肉の感触ではない、紙粘土とゴムで生きた肉を再現しようとしたような『それ』の手の感触。そんな紛い物でありながら、しかし明らかに内部に血がかよっている異様な感触に足首をつかまれて、動けない菊に――手で床を歩くひたひたとした音が、教室の中で群れをなすのが聞こえた。

…………

†

三十回目の『ほうかごがかり』。

啓は『ほうかご』に立った。その姿は一ヶ月ほど前の啓を知っていて、久しぶりに会ったという人なら、明らかにそれと分かるほど、顔色が悪くやつれていた。

疲労し、衰弱している。しかし相変わらず目だけは、力を失っていない。

強い意志と、知性と感性を宿した目。それを真っ直ぐ前に向け、背中には重い画材入りの帆布のリュックサック。肩にはイーゼル。腕にはキャンバス。

絵は——『記録』は、着々と進んでいた。

もう背景は描き上がり、全景はほぼ完成していて、後は細部を描きこむばかりの、仕上げの段階に入っていた。

これから、各部に描かれている『無名不思議』を、一体一体仕上げる段階だった。魂と情報をこめて一体を描き上げるたびに、その『無名不思議』の『記録』がほぼ完成する。そのはずだ。そう確信していた。

上手くいけば、今日にでも仕上がるかもしれない。そんな段階。

そうでなくても、あと数回で終わる。そんな状況。

ここまで漕ぎつけた。日々を『無名不思議』に侵されて脅かされながらも、啓は絵を描き進め続けた。いや、脅かされていたからこそかもしれない。啓のもとに現れるということは、現れれば現れるだけ、それを写し取ることができる絵描きに、その姿と存在を、さらしているということだからだ。

ふと思う。それとも、『ほうかご』に見逃されているだけだろうか？

努力をした。工夫もした。啓の感覚と洞察は、過去最大に研ぎ澄まされていた。日々脅かされた。代償は払った。心身は疲弊し尽くして、今や精神力だけで、かろうじて立っている状態だった。

だがそれでも、ここまでたどり着けるとは、正直に言うと思っていなかった。

何か理由があるのだろうか？　泳がされているのだろうか？　ゴールを間近にした方が、絶望がより深くなるから？

だが、関係なかった。仮にそうだったとしても関係ない。

やることは変わらなかった。絵を描く。完成させる。完成に向けて描き進める以外に、啓に進むべき道などなかった。

今日、仕上げをする。少なくとも一体は、今日描き上げる。

その最初の一体をどれにするか、もう啓は決めていた。それだけはすでに一歩先、完成寸前まで持ちこんでいた。

――――『こちょこちょおばけ』

今も留希の姿をして、学校を徘徊している化け物。

惺の直接の仇。これを、たとえ今日、啓が斃れるとしても、これだけは描き上げるために、今日はやって来た。


「…………」


呼び出しの放送が終わり、ノイズが流れる空気の中で、啓は顔を上げた。

今日の『ほうかご』の始まり。最初に立っている通路。そこから見える開けっぱなしのドアの、その向こうにある屋上の、暗闇の中に、じわ、と輪郭がにじんでいる、真っ赤な色をした人影が立っていた。

啓の担当する『まっかっかさん』。

そう名付けられたモノの、ほぼ残骸のようなもの。

もはや、そうやって細部の判然としない姿を見せ、聞き取れないうわごとをささやく程度しかできない存在。啓はいつものようにそれを無視して、背を向けた。もう自分の担当する『無名不思議』に向けることのない目を——根深く疲れきっていながらも、そこだけは力のある目を、『開かずの間』に向かうために階段の下へと向けた。

〝留希〟が立っていた。

天井に灯る明かりに照らされて、しかし目には、奇妙に暗く感じる階段の下。目を向けるとそこに〝留希〟が、茫、と立っていて、ぽっかりと黒い穴が空いた顔面を、階段の上の啓へと向けていた。

「…………………………」

声も何もなく、ぽっかりと、こちらを〝凝視〟する〝虚ろ〟。

行く手を阻む虚ろの化け物。対峙する。緊張。啓の口の端が引きつって、笑う。

「……初めて、正面からお前の顔を見たよ」

啓は言った。強がり。そして本心だった。

絵を〝完成〟させるためには、いつかは、一度は、絶対にこうして、間近に対峙しなければならないと思っていた。

だが、少なくともこんな何の準備も覚悟もしていない状況でやるつもりではなかった。

ましてや菊がいない、『狐の窓』もない状況では。

啓の額から、冷や汗が顔を伝う。


………………

7

「っ！」

すぐさま反転し、屋上に逃げた。

ドアを閉めようとしたが、開いたままドアが動かない。焦って必死に力を入れたが、微動だにしない。

その間にも階段を上がってくる足音が聞こえ、階段の下から穴の空いた顔が現れる。そのまま〝留希〟が、両手をこちらに伸ばして駆け寄って来たので、啓は仕方なく慌ててベルトからパレットナイフを抜き出して、向かって来た〝留希〟へと突きつけた。

「────っ!!」

びた、と〝留希〟の動きが警戒する獣のように止まった。

しばしそのまま。引きつった顔で啓は〝留希〟の穴の空いた顔と睨み合っていたが、ナイフを突きつけた向きのままゆっくりと入口の床に置いて、そしてじりじりと向かい合ったまま後ろに下がった。

「………………!」

床のナイフを前に、〝留希〟は動かない。啓は下がる。

ゆっくりと下がり、真っ暗な屋上の、かろうじて入口の明かりが届いている範囲から、啓は暗闇の中へと、下がりきる。

そこには『まっかっかさん』が今しがたまで立っていたが、今は姿を消していた。啓は緊張に張り詰めた呼吸のせいで胸に痛みを感じながら、光の中、入口に立つ〝留希〟からは目を離さずに、肩からイーゼルを下ろした。

「………」

そして足音と、呼吸の音を殺して、暗闇の中を移動する。

入口の向こうにいる〝留希〟から、死角になる位置に大きく移動して、キャンバスとリュックサックだけを持って、ほとんどフェンス沿いに、逆に入口の方へと忍び歩いた。

入口のある、屋上の建物部分へと。

建物部分の側面へ。啓はそこにたどり着くと、その建物部分の上に上がるための鉄製の梯子に取りついて、片手に大きなキャンバスを持ったまま、その梯子を登っていった。

急いで。しかし慎重に。音を立てないように。

焦り。不安。恐怖。手と体の震えと、明らかに啓の体格には合わない大きさの、登りづらい、梯子の幅。

それでも小学生の身の軽さで何とか建物の上まで上がると、啓は少しだけ高くなっている縁の部分にキャンバスを置いて、それからリュックサックを開けて絵の道具を取り出した。絵具にパレットに筆、その他。そして筆を口にくわえながら自分もそこに身を伏せ、キャンバスと屋上が同時に見えるように身を乗り出して、静かに息を殺した。

啓は――――ここで、絵を描こうとしていた。

化け物に追われ、追い詰められながら、自分を襲う化け物を目と鼻の先にしながら、その化け物の絵を描こうとしていた。普通に考えるならば正気とは思えない行動だったが、恐怖と危機感と緊張に苛まれながらも、啓は真剣だった。そして正気だった。手が震えていた。呼吸が自然と上がった。叫び出しそうな緊張。逃げ出したくなるような恐怖。

だがそれでも、やめない。目の前の、よく見知った人間の肉と皮を着込んだ、人体に穴を空けてその中に潜んでいる化け物に襲われながら、それを絵に描こうとする行動を。
やめようとはしなかった。どうせ逃げ場などない。それならば少しでも先に描き進めるべきだった。これが最後になるかもしれないのだから。

ぱた、ぱた……
と入口の光の中に、留希の姿をした化け物が、やっとパレットナイフを踏み越えて現れる。
啓を捜しているのか、周囲を見回して、暗闇の中に放置されたイーゼルへと向けて歩いてゆく〝留希〟を見て、目を見開いた啓は口にくわえていた筆を手にし、〝留希〟を凝視しながらパレットの上で絵具を溶いた。

仕上げる。その〝留希〟の姿を。

生きている時を知っている、知り合いの姿を。

立っているのに、動いているのに、死人の肌の色。

顔面に空いた大きな黒い穴。人間としての知性を感じない、立ち方、歩き方、周りの見回し方、動作。

それから、穴の中にいる――なにか。

啓は描く。仕上げる。その死人のような肌の色と質感を、キャンバスに写し取る。

細密に。写実的に。手をかけて。そして他のすべての部分を合わせたよりも手をかけて、顔面に空いた穴を、その中を、徹底的に描く。

黒い。黒い穴。

不安を催す、全くの黒。

それを塗った後、啓は――その穴の奥に、赤を描いた。

菊の『狐の窓』越しに見た、穴の中の赤。毛細血管の色をした赤色。正体不明の赤色。これこそが、『こちょこちょおばけ』の本当の姿。

記憶を思い出しながら、啓は、その色を、描く。

わざわざ、ずっと残していた空白に、いま描きこむ。いまここで。

屋上を、啓を捜してうろつく〝留希〟を見下ろしながら、描く。細い絵筆で。その先端のさらに先端を使って。一ミリよりも細い線を。集中して、没入して、描く。線の集積で、色と質感を写し取る。


ふーっ……ふーっ……！


呼吸を押し殺し、まばたきも忘れて。

キャンバスに、触れそうなほどに顔を、目を近づけて。

見つかれば終わりだ。だが、その恐怖も、不安も、絵描きの集中が上回っている。忘我の世界。だがその心の底には、目の前の恐怖とは別の、焦りがあった。

もどかしい。足りないのだ。

情報が足りない。キャンバスに写し取る、目で見ることができる情報が足りない。

進めてはいる。だが、遠い。遅い。足りない。啓の目で見る世界の情報はあまりにも足りなかった。写し取らなければならない『狐の窓』を通した情報を、いま啓は目の前の存在からではなく、啓の記憶から筆の先に取り出しているのだ。

ここに『狐の窓』があれば、もっとたくさんの情報が、もっと深い情報が見えるのに。

見ながら描いて、写し取れるのに。もっと早く仕上げられるのに。
もどかしい。焦る。焦る。
額に浮かぶ脂汗。酸素が足りない。時間が足りない。
そんな焦りに突き動かされながら、ことさらに細かい部分の線と色を集中してキャンバスに刻んで、刻んで、そして顔を上げた時。

見上げられていた。

つい先ほどまで、ふらふらと見当違いに屋上を捜していたはずの〝留希〟が、啓が描き込みに集中して視線を外したそのわずかの間に、いつの間にか入口を照らす光の中に立って、真上に伏せている啓のことを、空洞になった顔で見上げていた。

「────────!!」

ぞっ、と鳥肌が立った。ぽっかりとした空洞と目が合った。

ぽっかりとした悪意があった。人間とは異質な違う知能を持った、複雑な感情など持っていない、しかしそれにもかかわらず人間のふりをしようとしている、人間を捕食する生物の、ただただ平坦で空っぽの悪意。

ばたばたばたばたばたっ!!


一瞬の間の後、すぐさま〝それ〟は、啓に向かって駆け寄った。

啓がいる建物。今まさに啓が伏せている、その建物の上に登るための、壁に埋め込まれた梯子に、〝留希〟は真っ直ぐに駆け寄って、取りついた。

上がってきた。梯子を。恐ろしい勢いで。

顔の空洞を、真っ直ぐ上に向けて、昆虫が人間の手足を動かしているかのような、どこか異様な動きで。

かん、かん、かん、かん、かん、

まず最初に、靴が梯子を上がる音が。

そして次に、最初は聞こえなかった、もっと小さな音が――

びた、びた、びた、

と、素手が梯子をつかむ音が、建物の上の、啓に届く。

やって来る。もう逃げ場のない場所に。

その迫る音を聞きながら、息をつめて、梯子のある方に目を向けて、目を大きく見開いていた啓は——

突如、筆をくわえパレットを持ち、さらにキャンバスをつかんで、

そのまま化け物の上がってくる梯子へと駆け寄って、

そして、梯子を覗き込んだ。

間近でそれを描くために。

足りない観察を、情報を求めた啓は、梯子を上がってきた〝留希〟の貌を、至近距離で真正面から覗きこんだのだ。

大穴の空いた、人間の顔面を。

肌の産毛まで分かる距離で。迫り来るそれと、触れそうな距離で。

「…………っ！」

その存在のおぞましさに、全身の毛が逆立つ。

おぞましさ。恐怖。異常。不快。〝それ〟を見ている目と、空気を介して触れている互いの肌を伝って、体と心に吹きつけてくる感覚に、全身を悪寒が駆け上がった。

手が伸びてきた。覗きこんだ、啓の頭をつかもうと。

啓はそれを、自分の左手でかばった。手首がつかまれた。

制服の袖ごしに感じる、締め上げるような強い力。そしてそこに感じた感触は、冷たく体温の失われた、骨組みの埋まった粘土のような死んだ肉の感触だった。

「………………………！」

死と冒瀆が、そこにあった。

引っ張られた。その力に、啓は反射的に、体を全面的にコンクリートの床にへばりつかせるようにして、体重と摩擦とを全力で使って、引き込まれないよう抵抗した。

そして――――くわえていた筆を右手で持ち直し、絵を再開する。

歯を食いしばって。引き寄せる腕と恐怖に耐えながら。それでも今まさに間近で見ている質感と、吹きつけてきている感覚と、触れている感触を、全霊をもって、目の前に置いたキャンバスに写し取っていった。

「…………‼」


そうだ。これだ。

これも足りなかったのだ。間近に見ること。触れる感触。

絵が完成してゆく。だが、ずるずると少しずつ、梯子へ引きずられてゆく体。そして啓の腕を引っ張って、徐々に徐々に、啓のいる屋根へと上がってくる、〝留希〟。

そして、
び、
びた。

とやがて。

啓の腕をつかんだのとは逆の、〝留希〟の手が、屋根の縁をつかんだ。

そして──

ぬーっ、

と穴の空いた〝留希〟の頭が、屋根の上に。縁から梯子を覗いていた啓の顔の、触れそうなほどすぐ横に、迫り上がってきた。

髪の毛が触れ、肌が触れそうなほどの隣に。

そして顔面の穴が、かじりつきそうなほど、啓の顔に寄せられて——その穴の奥から人間のものではない息づかいのようなものを感じて——啓がその深淵に目を向けた時、啓の左目に、鉛筆の先端が突き刺さった。

「!!」

寸前に右手で庇った。だが明らかに目の表面をかすった。

激痛。あふれ出す涙。閉じた左の視界が赤い。左目が開けられない。

だが啓は、それを無視した。最後のピースをいま見たのだ。啓は左目を閉じたまま、顔のすぐ横に口を開けた顔面の黒い穴も無視して、涙を流したままキャンバスに向き直ると、絵の中の〝留希〟の貌に空いた穴の、その奥に描いた赤色の、そのさらに奥の真ん中に、鉛筆の先端を描き込んだ。

だが、それが描き終わらないうちに。

すぐ隣の〝留希〟の貌の穴の中から、さらに鉛筆の先端が伸びた。

それは、もう啓が逃げられない、逃げないことを理解しているかのように。

ゆっくりと、今度は外さないように、抵抗されないように、狙いを定めて――啓の白い頸に、鉛筆の先端を突き刺した。

瞬間、

「やめてっ……‼」


屋上に響く女の子の声。

それと同時に、下から振り回された箒の先端が、〝留希〟の背を薙ぎ払った。

ぎゃっ‼　と獣が火で炙られたような叫び声が穴の中からして、バネ板が弾かれたかのように〝留希〟の上半身がのけぞって啓から離れた。そして、至近で繰り広げられたそれらの状況を全て無視した啓が、絵の中の〝留希〟に描き入れていた『鉛筆の先端』を、最後まで描き上げたのは、その直後だった。

瞬間。

時間が止まったような、静寂が落ちた。

しん、と。あれほど強烈な気配を放ちながら動き回っていた〝留希〟が、スイッチが切れたかのように完全に動きを止め、梯子の上でのけぞった姿勢のまま固まって、そして数秒の間の後、そのままゆっくりと倒れて、宙に投げ出された。

「あ……」

啓の見ている前で、留希の体は宙を舞い、梯子の上の高さから、真っ黒な空の大きくうねる大気に煽られてフェンスの外に落ちた。放り出された人形のように、留希の体はフェンスの外を落ちて、声も音もなく、屋上の下へと消えていった。

そして、

重く、鈍い音。

雑音混じりの衝撃の音。それは砂を詰めた重い袋が、植え込みを突き破って、地面に落ちたような音だった。

それきり音は消える。啓は、屋根の縁を這うようにして、下を見る。

しかしそこからは屋上の端が見えるだけで、真下を見ることはできず、そこには暗闇と静寂が広がっているだけだった。夜の暗闇が落ちたグラウンドの景色と、自分の呼吸の音以外、何も聞こえない、無音が。

「…………」

耳をすませるが、もう何の動きもなかった。

しばらく啓は、そのまま動かなかったが、やがて深く長く息を吐いて、それから自分を助けてくれたのだろう相手に声をかけようと、下に身を乗り出そうとした。

その時だった。

声が聞こえた。

遠くから。暗闇と共にこの世界を埋め尽くしている、全くの無音の彼方から、不意に遠くかすかに、声が聞こえたのだった。

「あ…………あ……ああ…………」

それは、苦悶の声だった。

苦悶する声。苦痛の声。それが耳に入り、思わず動きを止めて耳をそばだたせた啓は、その声が何なのか理解した瞬間、ぞ、と全身に鳥肌が立った。

留希の声だった。

留希が苦しむ声だった。夏休みに入ったあの日の、あの事件から、もはや一度も聞くことのなかった留希の声が、いま苦痛と共に、校舎の下から聞こえていた。

この見える限りの校庭の、どこで発された声であっても屋上まで聞こえるだろう、あまりにも音のない静寂の中、それは届いた。〝留希〟の落ちていった、校舎の下から、かすかに聞こえた、留希の声が。

「……あ……う……痛い……痛いよ……」

泣いていた。留希が苦しんで、泣いていた。

泣き声と、うめき声の混じった、苦痛の声。それは悲痛で、弱々しく、そしてこんな異常な静寂の中でなければ、子供たちや街の音に間違いなくかき消されてしまうだろう、あまりにも力弱い声だった。

「痛い…………痛いよ……助けて…………」

　きっと、現実なら誰にも届かない声。

　そんな声を漏らしながら、校舎の下の植え込みに落ちたモノは、がさがさと音を立ててもがき、そして誰の助けもない中で孤独に立ち上がり、移動した。

「痛いよ……帰る…………帰りたい……」

　聞こえ続けるそんな声。まるで、今にも途切れそうな意識を繋ごうとするかのような、うわごとめいた言葉。そして、ずる、ずる、と、足を引きずる音。やがて啓が見下ろしている視界の中に、ぽつん、と小さく、少年の姿が現れた。

「…………‼」

　潰れたような右半身から血を流す、留希の後ろ姿だった。

　右半身が、髪の毛も服も血に染まり、左手で押さえてもぶらぶらと揺れる右腕を庇い、動かない血だらけの脚を引きずった留希が、血の痕を残しながら歩いていた。

その先には校門。学校の出入口。

留希は、のろのろと、しかし真っ直ぐに、それを目指して歩いてゆく。うめくように、うわごとのように、ただずっと、言葉を口にしながら。


「痛い……………帰る……家に、帰る………」


歩いてゆく。そして留希は、校門にたどり着く。

たどり着いて、校門の横にある解錠スイッチを押し、鉄格子状の門の端に作りつけられた鉄扉を開けて、門の外に出てゆく。


「帰りたい……帰る……」


そして留希は、そのままのろのろと、学校の外へと出て行こうとして。

そこを取り囲む、『学校わらし』の、亡霊の輪の手前で、見えない壁にぶつかったように阻まれて、ずるずるとその場に倒れ込んだ。

小さく、声が聞こえた。

「……痛い……」

小さく、か細い声。

もう本当に、聞こえなくなる寸前の、声。

「……帰る……お母さん……」

そして、もう言葉としては、聞こえなくなって。

留希の体は、二度と動かず、もう声も、二度と聞こえることはなかった。

「…………」

本当の静寂が、今度こそ、戻った。

呆然と、何もできずに、ただその光景を見守っていた啓は、想像もしていなかったあまりの状況に、言葉も出なかった。

そして異様に長く感じる、止まったような時間が過ぎて、やがて何とか口を開く。

かろうじて言葉にできたのは、これだけだった。

「なんなんだよ……」

それ以上の言葉は出なかった。覚悟して地獄に来た。ここが地獄だと知っていた。そのはずだった。だが、それでもまだ足りなかった。

心が、感情が寸断されて、立ち上がれない。

だが、それでも、どうにか心から力をしぼりだして、体に力を入れて立ち上がり、今度こそ下に声をかける。

「堂島さん、そっちは……大丈夫か？」

菊へと。

左目の涙をぬぐいながら、つい今しがた自分を助けてくれた菊へと声をかけて、この地獄のような状況の中で、互いの無事と正気を確認しようとする。

「ありがとう、助かった。そっちは……何もなかったか？」

声をかけるが、返事がない。

「堂島さん？」

啓は、ふらつきながら屋根の縁に立って、身を乗り出して、下を見る。

見た瞬間、全身を悪寒が駆け上がった。

「……‼」


見えたのは、血。

屋上の、コンクリートの床に溜まった、血だまり。

屋上の入口から続いている血の痕の、その終点の血だまり。

そして。

菊が壁に寄りかかっていた。

梯子の横の壁に寄りかかり、血だまりの上に座り込むようにして、明らかに血だまりの元になった腹部を赤く染めて――――菊は、まるでこの世界を満たしている静寂の中に沈むようにして、啓に何も答えることなく、ただ静かに横たわっていた。

『学校のナナフシギ』

学校に伝わる怪談は、
しばしば七つあるとされる。
七つめを知ると死ぬ、事故にあう、
怪奇現象が起こるなど、
恐ろしいことが起こると語られる場合も多い。

あるいは、

十話

1

少し時間は遡って。

まだ誰も来ていない『開かずの間』。その部屋の扉が、ノックもなく開かれて、無言で姿を現したのは、菊だった。


――血まみれだった。


広がる血の臭い。苦悶の吐息。

傷だらけだった。扉を開け、そこに立っていた菊は、むき出しの両腕に彫刻刀で皮膚を削ぎ取ったような深く長い傷が何本も口を開けていて、持っている箒も、身につけているシャツもスカートも、ぐっしょりと赤黒く血で汚れていたのだ。

血は顔まで飛び散り、代わりに顔色は血の気を失って、蒼白になっていた。

失った血は腕をつたい、絆創膏だらけの足をつたい、服をてらてらと光るほど重く濡らしていて、重力に引かれて、腕や、箒や、乱れたシャツの裾や、スカートの裾から、ぼたぼたと床にしたたたっていた。

ひどい出血だった。中でも特にひどいのは、右手で押さえている脇腹だ。スカートから裾が出るほど乱れたシャツの、その腹部は、押さえた手の下にあるのだろう大きな傷からの出血を飽和するほど吸って、もはや見た目の質感が、布地か血かも分からないような状態になっていた。

「…………」

菊は、そんな状態で、苦痛に脂汗を浮かべながら、部屋の中を見る。そんな菊を『太郎さん』はゆ苦痛に眉を寄せながらも、その苦痛を通り越した冷静な表情。

るりと振り返り、そしてわずかに、顔をしかめた。

「……とうとうキミがうっかり作った、例の地獄のフタが開いたみたいだな」

そして言った。

「見た感じ、下半身を取られかけたな？　『テケテケ』は一説では、なくなってしまった自分の下半身を捜してるんだそうだ。体の一部がない点が同じ都市伝説の、『カシマさん』と混同が起こったからしいけど、『カシマさん』は遭遇した人間に謎かけをして、自分がなくしたのと同じ体の部分を奪って殺す怨霊だ。運がよかったな。『テケテケ』が奪う予定だったキミの足を傷つけなかったから、キミはその足でここまで逃げてこられた。緒方くんの置いていった救急道具があるから、それで応急処置して時間まで待ってれば、もしかすると助かるかもしれない」

そんな『太郎さん』の提案に、菊はうなずかなかった。提案に対しても何も言わず、ただ代わりに『太郎さん』に、ひとつ訊ねた。

「……二森くんは？」

「まだ来てない」

答える『太郎さん』。

その答えを聞くと、菊はふらつきながらもきびすを返し、廊下を戻って行こうとした。足元には、雨のような血の痕。そんな状態でどこかに行こうとする菊を見て、皮肉屋なふるまいをしている『太郎さん』も、さすがにあわてた。

「おい、どこ行くんだ！　そのままだとさすがに死ぬぞ！」

「二森くんを……助けなきゃ……」

「はあ⁉」

菊の答えに、『太郎さん』は声を荒らげた。

「人のことなんか気にしてる場合か⁉」

「絶対……いま、二森くんも大変なことになってるから……行かないと」

つぶやくように言って、菊は動くたびに走る腕と腹部の痛みに顔を歪めながら、箒の先を引きずって『開かずの間』を去る。

「おい！」

「ごめんね」

後ろで『太郎さん』の呼び止める声がしたが、それだけ言い残す。言うことは聞かない。聞けない。それどころではない。菊はここに遅れて来たのに、まだ啓が来ていないということは、自分がこうなったように、啓にも何かが起こったのだとしか思えなかった。

その疑惑は、痛みと出血で朦朧としつつある菊の意識の中では、ほぼ確信のようになっていた。足に怪我らしい怪我がないことが、確かに『太郎さん』が言うように、幸運だった。まだ歩ける。急ぐことができる。少しだけ予感がしていたのだ。今日の午後に。今日、下校した後の菊と啓が、由加志の家に行った、その時にだ。

惺から引き継ぐことになったという、啓の絵の売り上げを使って、由加志がネットの通信販売で注文した絵具を受け取りに行ったのだ。その時に、受け取った箱を開けて、中身を出しながら検品していた啓が、不意にぼそりと言ったのだ。

「……………もしかすると、次で描き上がるかもしれない」

そのつぶやきに、菊も、それからいつもそうしているように部屋に人を上げたことで居心地悪そうにしていた由加志も、思わず顔を上げた。

「！」

「……マジか」

「うん。その可能性があるところまで来た」

啓は少しだけ二人の方に目をやって、うなずいて見せた。そして目を戻し、分類した絵具を自分のリュックサックにしまいながら、静かに淡々と続けて言った。

「いけるかもしれない、くらいだけど、ようやくそこまで来た。次で全体が完成しなかったとしても、その次にはいけると思うし、いくつかの部分は絶対次で終わる。最悪でも『こちょこちょおばけ』は、次で絶対に終わらせる」

「……!」

「おおう……」

その宣言に、菊と由加志は驚く。特に菊は、素直に目標の達成が見えたことを喜んだ。夏休みからずっと、二人でやってきたのだ。

悲願だ。惺と、留希を殺した『こちょこちょおばけ』への仇討ち。

それから『無名不思議』と、『ほうかご』全てへの反抗。

それが目の前に来た。頑張った甲斐があった。

だが、そう思いながらも菊の意識の奥底には、同時に何かモヤのような、うっすらとした不安感のようなものが湧いたのを、否定することができなかった。

そして、そんな菊の不安感を。

最初、一瞬は菊と同じように感心しかけた由加志が、まるで肯定したかのように、すぐに思い直した様子で首を横に振り、表情を苦々しいものに改めた。

「……いや、さすがに、このますんなり終わる気がしない」

言った。

「なんか嫌な予感がする。おれの勘は当たるんだ。今日の『かかり』は気をつけた方がいいと思うぞ。絶対、あいつらはただやられてくれたりはしない」

「…………」

由加志が言語化したそれは、菊の奥底の不安感と、まさに同じものだった。

もしかすると明日にでも何かが起こって潰えるかもしれないと思いながら、それでも今までやって来たことが、実を結ぶ目前になったという希望。

そんな大きな希望の奥底で、同時に湧き上がる不安。

脳裏に浮かんだのは、以前、『太郎さん』が言っていた言葉だった。

――たぶん『奴ら』は、子供の未来とか希望みたいなのを喰う。

抱いたこの希望に不安を抱えながら、それでもこの道を進む以外に道はなく、菊はそのまま夜を迎えて、十二時十二分十二秒のチャイムを聞いたのだった。

そして。

「…………っ！」

菊は、『ほうかご』に入った直後、教室からあふれ出した『テケテケ』に囲まれ、足をつかまれ、シャツをつかまれ、腕をつかまれ、尖った爪で腕のあちこちを裂かれて――そして取り囲まれて壁に追い詰められた後、折り重なるようにして上半身に向けて迫って来た『テケテケ』に、深々と脇腹に嚙みつかれた。

ぶち、と嚙み破られた。音がした。体の外と、中で。

お腹の肉を深々と食い千切られ、持っていかれた。ぎょろぎょろと爬虫類のようにでために眼球を動かしながら迫った『テケテケ』の頭部。その歪な形をした頭部に、骨格を無視して開いた口の中には、まるで鋭く尖った小石のような形をした歯がおぞましいほどの数、ずらりと並んでいて――それがもみくちゃにされた中で露出してしまった脇腹に思い切り嚙みついて、その肉を嚙み切ったのだ。

「────────────っ!!」

激痛。

明らかに内臓に触れられた、深い部分の不快感をともなった、生まれてから一度も感じたことのない激痛。

それが脇腹に灼熱して、悲鳴にならない悲鳴をあげた。恐ろしい痛み。おぞましい感覚。苦痛。悪寒。恐怖。全身の皮膚に、腹部から広がるようにして鳥肌と冷たい汗が吹き出して、視界が赤く、そして暗く、狭くなった。

恐怖した。生まれて初めて、本当に、本当に、命の危険を感じた。

必死になって身をよじり、箒を振り回した。生まれてから一度もしたことがない、本気の激しい抵抗だった。

「っ!!」

痛い！

苦しい！

死んじゃう！

頭の中が悲鳴で一色になる。しゃにむに箒を振り回した。箒が叩きつけられ、あるいは触れた『テケテケ』が怯んで、囲みに空いたその穴から、足をもつれさせそうになりながら逃げ出した。

「…………………っ‼」

追ってくる異形の『テケテケ』。背中から迫る、ばちばちと床を叩く手のひら。かちかちと鳴る爪の音。奇怪な金切り声。それに向けて箒を振り回しながら、必死に逃げた。体に入った力で、走る振動で、脇腹の傷が立て続けに激しく痛んだ。

傷が、肌が、肉が、腹部が、千切れそうな痛み。

目の前が暗くなるほどの、内臓に響く苦痛。そんな痛みの根源から流れ出る奇妙なほど熱く感じる血と、対して冷たくなってゆく全身の感覚。

そんな状態で、まともに逃げられるはずもなく、すぐにまた足首をつかまれた。叩きつけられるように転んだ。昼間の菊がよくやるように。だがここでは意味が違う。襲われている。絶望する。もう振り切って逃げるような力は残っていないのだ。

ずざ、と引きずられた。冷たく硬くざらつく床の上を、『テケテケ』の方へ。

「うう……っ‼」

足元に、粘土と絵具と色紙を混ぜて造形したような、しかし明らかに肉でできたニンゲンが群れをなして折り重なり、波のように迫った。互いの血で血まみれになり、血まみれの手を無数に伸ばし、血まみれの顔面を壊れたように歪めた群れが、でたらめな並びで歯が生えた口を開け、身がすくむような金切り声を叫びながら菊へと向けて雪崩れ込んだ。

「ひ……‼」

思わず振り回した安物のトートバッグが、何本もの腕につかまれ、軽々と引きちぎられた。紙のように。しかし何の抵抗にもならなかったそれが、ばらばらになった瞬間、菊の筆記用具と一緒に中に入っていたものが、空中にばら撒かれた。

それは塩。

一袋の塩。

塩の入ったビニール袋がバッグと一緒に空中で引き裂かれ、白い塩がその場に撒き散らされると、それが触れた途端、押し寄せていた上半身だけの異形の群れが、まるで熱湯でもかけられたかのように一斉に叫び声を上げて、菊から手を離して引き波のように下がった。

「！」

それを見た瞬間、菊は急いで箒を振るって、目の前の廊下に線を引いた。

廊下に撒き散らされた塩が箒でなぞられ、弧を描いた線が引かれると、その線にガラス窓を閉めたかのように隔てられて、群れが押し寄せる熱狂にも似た圧倒的な気配と異常な空気が、大きく弱まった。

菊は急いで力の入らない身を起こし、改めて線を、廊下の幅いっぱいに引き直す。はっきりと、濃く、強く。そんな菊に向けて、異形の群れは再度押し寄せようとしたが、塩で引かれた線がまるで壁であるかのように突き当たり、無数の手と爪と歯がそこを越えられず、空中をがりがりと引っかいた。

廊下に、壁が出来上がる。

自分の流した血と混ざって、まだらになった塩の線と、それを境にした見えない壁。

「…………はあーっ…………はあーっ…………」

菊は、その光景を前に、肩で息をしながら、立ち尽くした。

壁に阻まれた、恐ろしい異形の群れ。それらが何もない空中を引っかくたびに、床に引かれた塩の線が、まるで空中まで繋がっている硬い土壁であるかのように、少しずつ少しずつ削れて、厚みを減らしていた。

「…………！」

いつまでもここにはいられない。

それほど経たずに、ここは破られる。だが呼吸と心を整える時間が、ほんの少しでも今は必要だった。

どうしよう？

絶望的な状況を前にして、考える。

まずは逃げないと。とりあえず逃げて、『開かずの間』まで行って、それから、そこでいつものように合流を――

「……二森くん」


はっ、と気がついた。

今の状況。終わりの始まり。午後に感じたあの予感。全てが頭の中で繋がった。これが偶然であるはずがなかった。

啓が、絵を終わらせようとしている。その宣言があった矢先の、この崩壊。

必然だと思った。『無名不思議』が、化物たちが、啓が至ろうとしている結末を喰らおうとしている。啓と菊の、復讐心と努力と、惺や由加志の協力と思い出と、悲劇と、思いと、希望と、これまでの人生を、いま最後の悲劇の物語に変えて、余すことなく食い尽くそうとしているのだ。

終わりだ。

終わりが来たのだ。

急がないといけない。啓を助けないと。

どこにいるだろう？　どこで襲われるか分からない。何が襲ってくるのか分からない。なぜなら菊は、そして何より啓も、いまや全ての『無名不思議』の記録者なのだ。どれが啓を喰らいに現れるのか分からなかった。

「――行かないと」

菊は、今にも倒れそうな自分を奮い立たせるために、小さく声に出してつぶやいて、この場を離れて歩き出した。

ぐずぐずと痛んで出血を続ける脇腹を、明らかにえぐれているその場所を、ずきずきと痛む手でシャツ越しに押さえて、箒を引きずって。

ともすれば暗くなっていきそうになる目の前を、必死で意識をかき集めて。

急いで、早足で、しかし明らかにふらつきながら、それでもとにかく、前へと進んだ。

「…………っ！」

まずは『開かずの間』へ。何もなければ、啓はそこにいるはずだ。

だがいなかった。やっぱりまだ来ていなかった。絶対に、啓の身に何か起こっているに違いなかった。

血だらけの菊を見て『太郎さん』が引き止めたが、無視して『開かずの間』を後にした。

急がないと。いま啓は、どこにいるんだろう？

屋上を目指した。心当たりは、まずはそこだった。

啓の最初の場所。階段を登る。痛みに耐えながら。血を流しながら。

自分が危険だということも分かっていた。だんだんと痛みが麻痺してきて、代わりに体が冷たくなってきていた。血が出すぎていた。自分の命が外に流れ出していることを、はっきりと菊は感じていたが、それよりも啓の方が、はるかに大事だった。啓の役に立つことの方が、はるかに大事だった。

自分の命よりもだ。

ずっと、ずっと、菊はいらない子だった。何の役にも立たない子だった。誰の役にも立てない子だった。何の役にも立たない子。何の取り柄も持っていないようにしか見えない人間を、庇ってくれる人はいても、真正面から見てくれる人はいない。そんな菊を啓は必要としてくれた。正面から見てくれた。正面から見て、そして、あんな上手な絵にまでしてくれた。

菊が何かの主役だったことは、この時まで一度もない。

菊が主役として何かのフレームに収まっていたことは、一度もない。

何の役にも立たない菊をフレームに収める人は、誰もいなかった。そして菊の『狐の窓』というフレームに収まるのは、得体の知れない化け物ばかりだった。

そして、それを知られれば、菊も得体の知れない化け物の仲間にされるだろう。

菊の『狐の窓』のことを知られれば、菊が『狐の窓』で見る化け物と同じように、周りから見られるだろう。

だから秘密にしていた。それでいいと思っていた。

そうおばさんから言われてきたから。納得していた。だが今は。

菊は今――ありのままを見てもらえている。

啓の役に立てていた。『狐の窓』を覗く、ありのままの菊を、啓に必要とされていた。

それは、納得していたはずの菊の、心の底では望んでいた夢。啓と出会ったあの時から、菊はずっと、今日の今まで、夢のような日を過ごしているのだ。

だから。

意味がないのだ。啓が――菊よりも先に死んだら。

啓が死んだら、全てが無に還る。叶った夢も、夢のような日々も、これまでの努力も、役に立った自分の存在も、やっと手に入れたものが、全て後悔と絶望に変わって、何もかも残らず無に還るのだ。

だから、啓を守る。守らないといけない。

だから、啓が絵を描くのを守るために、少しでも啓を襲う『無名不思議』を引き受けるために、菊も全ての『無名不思議』の『記録』にサインして、啓が絵を描いているあいだ、自分もそれらの記録をつけたのだ。

啓には言っていないが、すでに菊の日常生活は、『無名不思議』に侵食されていた。

部屋に空いた黒い穴。不意に目に入る赤い人影。紫色に光る鏡と、その中を泳ぐようによぎる髪の長い人影に、ドアを開けたとたん見える天井から吊り下がった赤い袋と、その中から聞こえる着信音。

それは、忍び寄る破滅の指先。

いずれ来る、決定的な死へのカウントダウン。だがそれらに日々を脅かされても、菊は何もない顔をして耐えられた。

今までもずっと、そうしてきたから。

今までもずっと、この世のものではない何かに、菊は脅かされ続けていたから。

それがひどくなったくらい、耐えられる。それに菊はいま、夢が叶っていた。心の底で夢見ていた、誰かにありのままを見てもらえて、誰かの助けになって、誰かに頼られる自分を、いや、それ以上のものを手にしていた。

全て、啓が与えてくれた。

その啓のための我慢が、つらいはずがなかった。

たとえその先の破滅が自分に降りかかったとしても構わない。啓を守るために、自分の命を投げ出す覚悟はできていた。

啓との日々は、夢だ。

啓が先に死んでそれが失われるくらいなら、菊は今ここで夢のまま死ぬ。

だから菊は進む。苦痛で重くなってゆく体と、暗くなってゆく意識に鞭打って。息をするだけでも死に近づいてゆく自分を感じながら、自分の全てを振り絞って、確信と共に、菊は階段を登り続ける。

啓を守って、啓の代わりに死ねるなら、それは幸せに違いない。

自分を見てくれる啓のために死んで、その死さえも見てもらえるなら、それは幸せなことに違いない。

心残りはなかった。今まで菊はいないも同然の人間だったのだから。

あるとすれば、惺の死でなくなってしまった、動画の完成を見たかったことだけ。


はあっ……はあっ……


菊は、自分の耳いっぱいに聞こえる、苦しい呼吸の中。

ただ、光へ向かう魚のように、上を向いて、屋上を目指して階段を登った。

重い体。遠くなってゆく音。

暗くなってゆく、狭まってゆく視界と、世界。そんな中を延々と光に向かって、啓のいる場所に向かって、ひたすら階段を登り続け、トンネルを抜けるように、ようやく屋上へと辿りついた菊は――

そこで、梯子の上に避難した啓に襲いかかる〝留希〟の姿を見て。

無我夢中で「やめてっ……‼」と叫び、最後の力で箒を振り上げて、〝留希〟へと向けて叩きつけた。

2

「堂島さん……？」

呆然と、つぶやく啓。

足元に菊が横たわっている。血まみれ。血だまり。血の中に、菊は横たわっていた。

壁に身を預けて、横倒しに、自分の流した血の中に横たわる菊。血の気の失せたひどく白い肌。その顔色は素人にさえ分かるくらいの、明らかに危険な、いや、明らかにその先の、顔色をしていた。

そんな白い肌が、血の赤と、強いコントラストを作っていた。

そして静かに、静かに、横たわっていた。

「なあ、堂島さん……」

呆然と、呼びかける啓。

菊は答えなかった。目を閉じたまま、静かに。眠っているかのようだった。

伸びた髪が顔にかかっていて、表情のほとんどは見えない。

だが、血で汚れた頬と、そこに見える口元は、かすかにほころんで、微笑んでいるように見えた。

「なあ……」

力なく呼ぶ啓。その頭上には、巨大な虚無が、音もなく広がっていた。

黒い空。今ここで起こった出来事を、今まで起こった出来事を、この学校そのものを、そしてその中で立ち尽くす啓を、何もかもあまりにも矮小なものとして、完全に覆い尽くしている広大無辺の暗闇が。

その真っ暗で、空っぽで、あまりにも巨大な空の下で。

啓はかがんで手を伸ばし、横たわる菊の頰に、触れる。

冷たい頰。呼吸はない。人形のように。

だが彼女は人形ではない。啓は何もできず、その頰に血で貼りついている髪の毛を、そっとどけた。

しばし、その横顔を見下ろした。

頭上の空が、ただ黒く、巨大に、無限にうねりながら、屋上にたたずむ啓と、血だまりの中に横たわる菊と、正門に続く血の痕の先で動かなくなった留希を、それからグラウンドに立ち並ぶたくさんのたくさんの墓標を、無慈悲に見下ろしていた。


「……なんなんだよ」


啓の口から、言葉がもれた。

小さく、ぼそりと。それは先に、正門の留希を見下ろして発した言葉と全く同じものだったが、そこに込められた虚無は、さらに大きくなっていた。

心の、感情の、ほぼ全てが失われたかのような、胸に空いた空洞。

ごっそりと自分に空いた、あまりにも大きなその穴のせいで、身動きができなかった。手足に力が入らなかった。

あまりにも、無慈悲で広大な世界。

全てに意味などないかのように、広大で空っぽな世界。その中で自分はあがいていた。あまりにもちっぽけな、自分が。

この世界の中で、みんな、みんな、死んだ。

惺が、菊が、真絢が、イルマが、留希が死んでいき、いま自分だけが一人、虚無の中に取り残されている。

「……なんだよ、この地獄」

啓はつぶやく。

自分のやっていることに、やってきたことに、急に意味を見失った。

惺の仇を討つため。今までずっと、その一心でやってきた。いや、正直に言うならば、その他のことを考えないようにしていた。

本当は、心の底では、啓は仇討ちが成るとは考えていなかった。

惺のための行動だったのは間違いない。だがこれは、同時に途中で斃れることが前提の、啓が『ほうかご』で死ぬための、そしてこの世から消えるための行動だった。

菊よりも、さらに言うならば惺よりも、自分が先に死ぬはずだった。なのに自分だけが生きて、ここにいる。啓が守るつもりだった惺は、啓の目も手も届かないところで斃れ、啓の最後まで付き合わせるつもりはなかった菊は、最後に啓のことを守って斃れた。

なんでだ？　何を思って？

なんなんだこの地獄は？　こんなことを続ける意味が、本当にあるのか？
もうみんな、いなくなったのに？
フェンスの外を見た。ここから、この屋上から飛び降りれば、何もかも全部終わるんじゃないのか？　今からでもそうするべきなんじゃないのか？　最初から、啓が『ほうかご』に呼び出された最初の最初から、『まっかっかさん』が誘っていたように。

「――――」

そうして、菊を見下ろしていた啓は。
ふと、そんな絶望に満ちた、自分の思考の端が――菊の血で汚れた白い頬をどの絵具で、どのように塗れば再現できるかと、考えていることに気がついた。

「――――――――――ははっ」

啓の口元に笑みが浮かんだ。絶望と、自虐の笑いだった。
こんな時にまで絵のことを考えていた自分に対しての絶望。それから菊への申し訳なさ。彼女をモデルに『オフィーリア』でも描くつもりか？　だとしたら、ここにいるのは人間じゃあなかった。絵に取り憑かれた化け物だった。

かつて幼い啓にとって、絵は恐怖の克服のためのものだった。

自分を脅かす化け物を、絵に描くことで克服する。そうやって生きてきた。だがそうするうちに、いつの間にか、自分こそが絵を描く化け物になっていた。

死んだ友達を、どうやって美しく描こうかと考えるような化け物に。菊はそんな化け物につきあわされた。そしてそんな化け物を守って斃れ、その死さえも、命を捨てて守ったはずの化け物の中で絵にされようとしている。

「…………」

啓は、のろのろと立ち上がり、梯子を登って、屋根の上に戻った。

そして絵の道具をリュックサックにしまい直し、キャンバスをかついで、梯子を降り、菊の前まで戻ってきた。

「…………ごめんな」

そして謝る。つぶやくように。

菊が何を思いながら最期を迎えたのか、啓には分からない。どうしてこんなことになったのかも分からない。襲われて大怪我をして、助けを求めてここに来て、啓を助けて力尽きたのだろうか？　それとも大怪我をしているのに、ただ啓を助けるために、死んでしまうのに、こんなところまで来てしまったのか？

分かるのは、絵描きと助手として、一緒に歩き回った日々のことだけ。

分からないから、謝るしかなかった。啓は化け物だから。その死までも冒瀆しようとした、怪物だから。

啓は、菊を残して歩きだす。

屋上に放置されていたイーゼルを拾い上げ、肩にかつぎ、それから入口の明かりの下に落ちたパレットナイフを拾って、扉をくぐって校舎の中へ戻る。

「────────」

途端に周囲を埋める、校舎を満たしている薄暗がりと、砂を流すようなノイズ。

その中を啓はただ一人、階段を降りてゆく。

感じた。校舎の空気が、なんだか騒がしかった。

何かの物音がするわけではない。声がするわけではない。ただ学校の中を満たしている気配が普段とは違った。いつもは体の芯から不安を引きずり出されていると感じるほど、異様なまでに静謐な『ほうかご』の気配が、今はひどくざわめいていた。何かがあるわけではないのだが、雰囲気が奇妙に騒がしいのだ。

視線を感じる。

どことも、誰とも知れないが、見られている。

まるで、学校そのものが自分を凝視しているかのように、虚空から視線を感じる。

学校が。『ほうかご』が。

最後に残った自分を今まさに喰おうとしているのだろうか？　『無名不思議』に最後の牙を突き立てようとしている自分を、わずらわしい自分を、今まさに、ここで排除しようと動きだしたのだろうか？

だったらやればいい。僕はここにいる。

圧力めいた視線を受けながら、ノイズを浴びながら、薄暗がりの校舎を、啓は歩く。

そして啓は、歩き続け。やがて『開かずの間』にたどり着き、音を立てて扉を開けた。


「……二森君か」


気づいた『太郎さん』が、振り返って啓を見た。珍しく少し焦っている『太郎さん』は、珍しく啓の方を凝視し、啓の近くに誰もおらず、一人だけだということを見て取ると、焦った様子のまま啓に訊ねた。

「堂島さんは？」

「……」

啓は、黙って首を横に振った。

無表情に。それを見た『太郎さん』は、全てを察した様子で、天を仰ぎ、忌々しそうに片手で目元を覆った。

「……だから言ったんだ……！」

「なあ、聞きたいことがあるんだけど」

啓は、対照的なくらいに淡々と、『太郎さん』に問いかけた。

「ここで死んだ人間を、埋めずに放っておいたら、どうなるんだ？」

「…………分からないよ。僕はここから動けないんだぞ」

目元を手で覆ったまま、苛立たしげに、それでも『太郎さん』は答える。様子はそれどころではなさそうだが、それでも義務を果たそうとするかのように、説明だけはよどみなく、口から紡ぎ出される。

「ただ、全滅した前の年の最後の『かかり』の死体が、次の年に残ってたって話は聞かないから、消えるのか化け物に食われるのかは知らないけど、リセットはされるらしい」

「そっか」

それを聞くと啓は、部屋の隅へと歩いて行って、棚の隙間に手を入れて、そこに押し込んであった長い木の板や棒をいくつか引きずり出した。

それは歴代の『かかり』が、見つけたり持ち込んだりして〝墓標〟用にストックしてあるもので、啓は棚に置いてある紐と合わせて二本の十字架を作ると、自分で油絵具でそれぞれ名前を書き込んだ。

堂島菊

小嶋留希

と。

それらを少し眺めた後、啓は二人の名前の横に、西洋の古い豪華本にあるような、小さな装飾の模様を描き加えた。

花と。

小鳥を。

それを飾る蔦と葉の植物の模様を。途中からその作業を黙って見ていた『太郎さん』は、どこか気落ちしたような、神妙な顔で確認した。

「……二人のお墓か。埋めるのは……キミ一人じゃ無理だよな」

「無理。だからこれだけ立てる」

啓は、『太郎さん』の方を見ずに答えた。

「リセットされたら、この世に、この二人のためのものがなくなるから」

「まあ……そうだな」

啓の言葉に、『太郎さん』はそう応じたが、啓は目も合わせずに荷物を背負い直し、キャンバスとイーゼルに加えて作ったばかりの二本の墓標も肩にかついで、そのまま『太郎さん』に背を向けた。

そして言った。

「じゃあ。会うのはこれで最後かもな」

「……は？」

「さっき分かったけど、たぶん『記録』が完成しそうになった『無名不思議』は、こっちを殺しにくる。僕はこれから絵を仕上げに行く。だから最後かもしれない」

「は⁉」

驚く『太郎さん』の声。それに背を向けたまま、啓は『開かずの間』を出る。

「おい、待てよ！」

「じゃあね」

扉を閉めた。

「おい！」

「ごめんな、早い終わりで。たぶん僕がいたからだ。いつか、誰も死なない『かかり』になる日が来るといいな」

言い残す。多分、自分のせいなのだろう。さっき屋上で思った。きっと啓がいたから、啓が絵が描けたから、そして啓が『ほうかご』のスケッチを続けていたから、『奴ら』はこんなにも早く育って、啓たちはこんなにも早く死んでゆくのだろう。

「……キミらは！　そうやって、いつもいつも！」

部屋の中から、扉越しに『太郎さん』の声。

「いなくなるなら、僕を嫌えよ！　優しくするなよ！　どいつもこいつも、なんで僕に謝るんだよ！　死ぬのは僕じゃなくて、キミらなんだぞ！」

その怒鳴り声を背中に聞きながら、啓は立ち去る。これでお別れだ。もう戻って来るつもりはない。

最初こそもちろん反感があったが、こうなってみると、啓は『太郎さん』を別に嫌ってなどいなかった。いくらかの同情もあった。彼の状況に。死にゆく啓たちと、残され続ける『太郎さん』。どちらがマシなのかは、分かったものではなかったけれども。

「…………」

そして啓は、一人、廊下を歩く。

ひどく静かな足取りで。すっかり慣れた迂回をして、そして玄関から外に出て、真っ暗闇の空の下、グラウンドに足を踏み入れる。

みすぼらしい墓標の立ち並ぶ墓地と化したグラウンドで、啓は一度イーゼルとキャンバスを置くと、そこに突き刺してあった、いつ誰がそうしたのかも分からないスコップを一本引き抜いた。そして体格に合わない大きさの、いくつの墓穴を掘ったのかも知れないそれで、真絢とイルマの墓標の近くに二つの穴を掘って、そこに新たな墓標を立てた。

菊と、留希。

啓は、少しのあいだその二つを見下ろすと、またスコップを地面に突き刺して、イーゼルとキャンバスを背負い直し、正門まで歩いた。

門の鉄格子の向こうに、倒れ伏す子供の死体。

留希の死体。門の外を取り囲んで並ぶ亡霊の足元に、うつ伏せに、力尽きたように倒れているそれを、啓はしばらくのあいだじっと見つめ、やがて背を向けて、イーゼルとキャンバスをまた一度下ろし、そこに立つ校舎を見上げた。

「…………」

黒い空を背に、圧倒するように聳える、校舎。

それを見上げる啓。不気味で静謐だった校舎は、いまこうして見上げると、威圧的で巨大な群体めいた、生命の気配を渦巻くように放っていた。啓へと向けて覆い被さらんばかりの、その存在としての情報量。それに啓はさらされて、目眩を起こすかと思うほどだった。

ぞ、

と音もなく、後者は、啓を見下ろす。

たぶん学校が、目を開け、そして、口を開けていた。

学校と、それからこの『ほうかご』という空間の全てが、口を開けていた。その内に『無名不思議』という異常な存在を内包した、この空間という形をした〝生き物〟が——人間が知っている生き物という概念からはかけ離れた〝存在〟が——いま啓を喰らうために目と口を開けているのだと、人間からはそうとしか表現できない変容をしたのだと、啓は、素直な子供と卓抜の絵描きという二つの感性を併せ持った五感で、そう認識した。

窓という窓が巨大な目で、その無数の目によって、見下ろされているかのような感覚。

いや、もっと正確にたとえるならば、この『ほうかご』という存在の、人間で言うならば視覚に相当する知覚が、いま校舎の中を完全に満たしていて、それが窓を感覚器として膨大に放射され、それが今まさに自分を捕えているのだという、産毛が逆立つような感覚。

「……」

圧倒され、冷や汗を浮かべてそれを見上げながら、ふと、頸に手をやった。

血で汚れた首筋。そこは屋上で〝留希〟に襲われた時に、刺された場所だった。

そこに穴があった。

傷があるのは分かっていた。だがふとした違和感があって、ほとんど無意識で触れたその場所に、その首筋の皮膚に、傷ではなく痛みもない、指も入らないくらいの穴が、ぷつりと小さく空いていたのだ。

その穴の感触が指先に触れて「えっ」と思った瞬間。

穴の中から小さな指が、幼虫がうごめくようにして、啓の指の腹を、

もぞ、

と撫でた。


「⁉」

触られた。

おぞましい感触。

思わず鳥肌が立った。身の内に『何か』がいた。

だがすぐに、啓は気を取りなおして、一度見開いた目を徐々に細め、心を、気持ちを、落ち

着けた。

大丈夫だ。大したことない。

なぜならこれは『こちょこちょおばけ』で、『こちょこちょおばけ』の絵は、啓がほぼ完成させたからだ。

背後にある留希の死体を意識しながら、そう思う。

こいつは、もうこれくらいしかできない存在になった。啓が、そのほぼ全てをキャンバスに描き切ったのだから、もう啓の知っていることしかできないのだ。それならば、もうそれほど怖くはない。

啓は、口の端を、少しだけ笑みの形に歪めた。

暗い笑みだった。そして頸から手を離し、下がっていた視線を上げて、この『こちょこちょおばけ』の母体であり、今まで啓の前で失われてきたもの全ての仇である、『ほうかご』の学校を、再び見やった。

目覚めているのを感じた。

眠っていた学校が、全ての『無名不思議』が目覚め、蠢いているのを感じた。全ての異常と超常と理不尽が、生き物として活性化していた。

啓が、絵を描いているから。

それらを覗き込んで、刺激したから。そしてそれを続けていたから、そろそろそんな啓の存在を喰らおうとして、いま鎌首をもたげている。

「…………！」

　それは、巨大な恐怖。

　こうしているだけで息が上がる。心臓が早鐘を打つ。自責の念が黒煙のように胸の中に湧き上がる。こんなものに安易に触れたから、きっとみんな死んだのだ。

　だが。

　思った。

　僕は、絵の化け物だ。

　なら、その化け物が、やるべきことをやる。

　この学校の絵を、ここで完成させる。命と引き換えにしてでも。このくらいの邪魔では、止まる気はなかった。さあ、殺すなら殺せばいい。元よりここから生きて帰る気など、啓にはないのだ。

　この命がなくなる時まで、止まる気はなかった。

　これから啓は、死ぬまで描き続けるつもりだった。

　そうしなければいけなかった。

　せめてそうしなければ。そうでなければ——啓は、菊に申し訳が立たなかった。

　菊が目の前で死んだというのに、純粋に、ただ悲しむこともできなかった。

　よりにもよって、絵のことを考えた。啓は壊れている。こんな絵描きの化け物は、せめてそうしなければ、申し訳が立たない。

　だから啓は、そびえ立つ校舎と、頭上と世界を満たしている膨大な暗闇の、巨大な重圧の下でリュックサックを開け、できるだけ効率的に必要な道具を取り出して彩色に取りかかれるように、要らないものは出し、中身を整理した。

　これを終えて、踏み出せば、きっともう帰れない。

　だが躊躇はなかった。啓にはもう、何も残っていないのだ。

　みんな、みんな、死んだ。

　啓に残った大事なものは、あとは母親だけだった。

　ここで自分が死ぬことで、自分の存在が消えて、自分のことを忘れてしまって、自分から解放されるはずの母親。それを思って、啓は心残りなく、死に向かうことへの、最後の覚悟を決めた。

　そんな母親と、最後にしたやりとりを思い浮かべた。

いつもの朝の、

「じゃあ、行ってくるね」

「うん」

という、そっけないやりとりを。

啓は、思い浮かべた心の中の母に言う。

誰にも聞こえないような小さな声で。今度は、こっちから。


「――じゃあ、行ってくる」


別れの言葉を。

きっと、もう会えない。啓は今から、あの聳える化け物の中に戻る。

あの、化け物のように息づく校舎の中に、戻る。戻って、それぞれの『無名不思議』の絵を完全に仕上げるために、最後の仕上げができるほどの細部を間近で観察するために、啓は『無名不思議』の下に向かうのだ。

啓は死ぬだろう。

だがもしも、キャンバスの上に描いた全ての『無名不思議』を仕上げることができた、そのあかつきには。最後にこの場所に戻ってきて、校門の前にイーゼルを立てて、この校舎を見上げて、最後の仕上げをしてやるのだ。

「……よし」

啓(けい)は準備を終えた荷物を、背負い直した。

そして足を踏(ふ)み出(だ)した。化け物の、口の中へと。

3

「……っ!!」

自分の担任している児童が死んだ。

そんな悪夢を見て、小学校教諭(きょうゆ)の『ネチ太郎(たろう)』こと三角太郎(みすみたろう)は、自宅の寝室(しんしつ)で、全身に汗(あせ)をかいて目を覚ました。

開けた目に、常夜灯の暗いオレンジ色の光。

たった今まで止まっていたに違(ちが)いない、苦しい呼吸。喘(あえ)ぐように繰(く)り返(かえ)して、ばくばくと心臓が鳴る、胸の中の苦しさが和らぐまでの間に、額と胸にびっしりとかいた汗が部屋の空気で冷やされ、張りつくような冷たい感触に変わってゆく。

「…………！」

そしてやがて、がばっ、と布団から身を起こした三角が、真っ先にしたのは、枕元の読書灯のスイッチを入れることだった。それから傍らに積んである仕事の本や書類の中からクラス名簿を引っ張り出して――目が覚めてもなおはっきりと憶えている、夢の中で死を告げられた、生徒の名前を探した。

三角はこの学校に赴任してから長いが、どういうわけか赴任して以来、年に一度か二度、必ず同じような悪夢を見る。自分が学校らしき場所にいて、自分が担任している児童が死んでしまったと、しかも酷い死に方で死んだと告げられる夢だった。

この夢のせいで、三角は生徒と仲良くなるのが苦手だ。

必要以上に距離が近くなることに恐怖を感じる。だからそれとなく突き放し、大人げない嫌な先生として振る舞っている。

それでも、夢は変わらずに見続けている。

きっかけと思えることが、ある時もあるし、ない時もある。

ただ今回は、理由に心当たりがあった。夏休み前に学校で児童の死亡事故があって、大騒ぎになったのだ。

重傷者と死亡者が一人ずつ出た。鉛筆が刺さった惨事だった。何があったのかは、子供同士のことで、しかも当事者以外に目撃者が出てこなかった上に、残った一人の言うことも錯乱していたため、正確なところは分かっていなかった。

だがおそらく、争いがあったのだろうということが分かっている。鉛筆で校舎の壁に悪戯をしようとした児童と、それを注意した児童とのトラブル。事件か事故かは判明していない。片方は、最近は落ち着いていたが乱暴者とされていた児童。もう片方は、非の打ちどころのない優等生。

あまりにもショッキングなので、緘口令が敷かれている。

夏休みの間じゅう、会議、会議、対策と、担任ではない自分も忙殺状態だった。

今もまだ、平常には戻っていない。今日の悪夢は、それへの精神的な積み重ねが、ここにきて現れたのだろうと思われた。

だから、例年よりも早く見たのだろうと。きっと蓄積したストレスのせいで、こんな夢を見るのだ。いつもはもっとゆっくりと蓄積して、三学期に入ってから見ることが多いので、自己診断でしかないが、そう予想していた。

何度見ても、慣れることのない悪夢だった。

そのたびに三角は、全身に嫌な汗をかいて目を覚ます。呼吸は荒く、ばくばくと心臓は激しく脈打ち、夢の中の自分が、激しいショックを受けていたことが分かる。

そして、目を覚ました自分もだ。

ショックを受けている。社会人になってすぐに教職に就き、もう五十歳を過ぎた教師としての生活。見知った児童の訃報に触れたことは一度や二度ではないが、幸運なことに、自分の担任している子供が死んだという知らせを受け取ったことは、まだなかった。

だが定期的にこんな夢を見るということは、潜在的に恐れているのだろうか。

シチュエーションはいつも同じだ。自分はなぜか子供の頃の自分で、それは子供の頃に学校の『開かずの間』に置き去りにされた自分で、そんな自分がどういうわけか大人の自分が担任している子供が死んでしまったと、別の子供から伝えられる。

子供の頃の三角が、この小学校に通っていた頃からある『開かずの間』。

敷地も校舎も改築される前の、今のような形ではなかった頃の話。当時からそこは『開かずの間』で、中がどうなっているか知るはずもない。

しかし夢の中の三角は、そこが『開かずの間』であることを知っていて、そこにいる自分は子供の頃に、過去の夢の中に取り残された半身のようなものだと認識している。そんな子供の自分が、大人の自分の教え子が死んだと教えられるのだから、状況も時系列も滅茶苦茶なのだが、それを聞いた子供の自分は、激しくショックを受ける。

そして目を覚ました大人の自分は、夢の中の動揺をありありと引きずったまま。クラス名簿を出して、夢で聞いたばかりの名前を確認をするのだ。

もう十年近く、ずっとそうしていた。この学校への赴任は二度目だが、前の時から。

そして、今日もまた同じことをしている。やがて三角は、クラス名簿の確認を終える。そして今回も大きく安堵の息を吐き、胸をなでおろす。

「………はあー」

よかった、と。いつもそうするように。

分かってはいた。だが分かっていても、確認してしまうのだ。

あまりの夢のリアルさに、その感情のリアルさに、つい名簿を確認してしまうのを止めることができない。夢の中で告げられた、死んだ子供の名前が名簿に載っていないか、いつも確認してしまう。今まで一度だって、夢で見た名前が、名簿にあったことなんてないのに。

堂島菊なんて子はいない、いないのに。

三角は今まで幾度となく繰り返した大きな安堵の息を吐くと、確認し終わったクラス名簿を書類と本の山に戻した。

そして夢のせいでひどく消耗した心身を、再び布団の中に潜り込ませて。

もういちど眠りにつくために、そして全てを忘れるために、布団から手を伸ばして読書灯のスイッチに触れて、パチン、とその明かりを消した。

†

「ただいまー……」

すっかり日付が変わってしまった深夜。と言っても、こんな時間に帰宅するのも珍しくはない時間に、二森恵は帰宅した。

小さな声で、一応、帰宅の声かけをする。そして明かりもなく、静まり返っている家の中を確認して、きっと眠っているのだろう啓を起こさないよう、あまり音を立てないように気をつけて、玄関のドアを閉めた。

電気を点ける。入ってすぐの、広くはないキッチンとダイニングが明るくなり、片付けの行き届いていないあれこれが露わになる。この瞬間、いつも申し訳ない気分になるが、それでもまとまった時間が取れる見込みは、残念ながら今のところない。

キッチンに目をやる、すでに洗って、水切りに入れて、布巾がかけてある食器。

啓が自主的にやってくれたものだ。ありがとう。ごめんね。

啓を守るために離婚をして、その決断は間違っていたとは思っていないが、そのせいで啓に不自由を強いているのは間違いなくて。自立して生活したいという願いは自分のわがままなのではないかと、もっといいやり方があったのではないかと、本当にこれでよかったのだろうかと、自問しない日はなかった。

恵は思う。啓に、幸せであってほしい。

それだけが願いだった。ただ本当にそれができているのか、自信はない。

時々、ひどく不安になる。当の啓が飄々としているので、それに救われているが、それに甘えていていいはずがない。恵は、仕事に着ていったキッチリとしたシャツのボタンを外しかけた手を止めて、自分が寝る部屋とダイニングを隔てている、戸の方を眺めた。

「………」

この部屋のさらに向こうにある、襖の向こうの、啓の部屋を思いながら。

そして、そこで眠っているはずの啓のことを思いながら。恵は複雑な表情で一人、冷蔵庫が立てるモーター音がひどく大きく聞こえるばかりの、深夜のアパートの静けさの中に立ち尽くした。

今、仕事が忙しい。それは紛れもない事実だ。

繁忙期に入って余裕がなかった。今だけではない、先のことを考えると、いくらかの補助があってなお、家計を維持する収入を得るのは大変だった。

しかし、そんな時だが、啓について、今まさに気がかりがあった。

啓がここのところずっと、やつれて見えるほど、何かに没頭しているのだ。

いや、その何かが絵であることは分かっているし、啓が寝食を忘れて絵に没頭することがあるのも分かっていた。だがやつれるほどのことは初めてで、今回は度合いも期間も、少し度を越していた。

仕事の忙しさもあって、会話もきちんとできておらず、詳細は分からなかった。

心配は伝えたが、それ以上は踏み込めず、啓も「大丈夫」としか言わなかった。

だが予想できることはあった。啓がこのようになったのは夏休みに入ってからのこと。そして、ちょうどその頃に、何があったのか。

啓の、お友達の死。

その頃からだ。啓の没頭が始まったのは。

関連は明らかだった。啓が幼い頃から、嫌なことやショックなことを、絵に描くことで克服しようとする傾向があることを恵は知っていた。なので、やつれるほどの状況を心配もしていたが、心理的に必要なことかもしれず、強く止めるようなこともはばかられ、あまり触れることができなかった。

この出来事に際して、恵ができることはやったつもりでいた。

行かなくていい、と言っていた啓をお別れの会に連れて行き、きちんとお別れもさせた。

だが、きちんと話はしなかった気がする。そこまでショックを受けている啓の内心に、安易に踏み込むべきか迷ったからだ。啓のことを信用してもいた。しかし、ずっと認めることができなかったが、それ以上に恵の方にも、話をするのを避けた理由があった。

よかった、と思ってしまったのだ。

最初に知らせを聞いた時、死んだのが啓でなくてよかったと、そんなことを思ってしまったのだ。

子供が一人死んだのに。悲しむ親御さんもいるのに。

啓の一番のお友達なのに。こんなにも啓が傷ついているのに、つい思ってしまった。

それが心の底で負い目になって、色々と理由をつけて、啓ときちんと話をすることを、思わず避けてしまっていた。そんなことを思ってしまった自分がショックでもあり、そして、もしも話をした時に、うっかり啓の前でそんなことを口にしてしまったらと考えてしまって、話し合うのが怖かった。

自然に解決するのを待っていた。

そうなればいいと思っていた。だが、そのうち終わるだろうと思っていた、思い詰めたような啓の絵への熱中は、まだ続いている。

さすがに、そろそろ向き合わなければいけないと思った。

啓と話をしよう。友達の死について。それから伝えよう。啓のことを本当に心配しているのだと、改めて。

そうしよう。恵は決めた。

明日、話をしよう。啓の苦悩を聞き取ろう。時間の許す限り。

少し怖い。でもやる。そして、これだけは伝えるのだ。恵が――啓のことを、どれだけ心配しているのか。どれだけ大切に思っているのか。どれだけ愛しているか。どれだけ幸せを願っているか。

「……」

ちゃんと伝えよう。愛する我が子へ。

恵は、そう心に決めた。そして今日一日の後始末をし、眠りについた。

明日に、思いを巡らせて。

恵は、眠りに落ちてゆく。

だが――こんなふうに、悩ましい時、苦しい時、何かを決断する時は、いつもそっと襖を開けて、我が子の寝顔を確認する恵。それを、金曜日はなぜか必ず忘れる。

そのことに気づかないまま、何も疑問に思わないまま、恵は啓の部屋と、襖一枚隔てた部屋で、眠りに落ちていた。

隣がどうなっているのか知らないまま、朝になって目を覚ました時にやって来るはずの、我が子との明日に思いを馳せながら——恵は畳に敷いた布団の中で、疲労に負けて、静かに穏やかに、眠りに落ちていった。

…………………………

4

今まで砂のようなノイズに満たされながら、しかし同時に異様な静謐さも宿していた校舎の中は、いま均衡という名の冷たいガラスが壊れて、その向こうに閉じ込められていた狂乱があふれ出したかのように、あらゆる存在感が荒れ狂っていた。

ノイズがひどい。放送が、どこかに繋がっていた。

今までの、どことも知れない虚空に繋がっていたかのような、砂を流すようなノイズではない。スピーカーが、明らかに意思のある何かと接続していて、しかしそれは一言も発することなく、ただその意思の存在を学校中に拡げながら、息づくような沈黙を、断続的にガリガリという激しいノイズで乱していた。

――ザーッ――ガッ……ガリッ……ガリガリガリッ……！

鼓膜に穴を開けようとするかのような、火花にも似たノイズ。

耳と脳を削り取ろうとするかのような、その強いノイズの中にいると平衡感覚もおかしくなり、目眩にさえ襲われる。

奇妙に暗いながらも灯っていた電灯が、あちこちで消え、あるいは明滅していた。

廊下の先に続く、薄暗がりと、暗闇と、明滅のモザイク。そして、そんな毒のようなノイズと光のモザイクの中で、今までずっと校内で静かにしていた全ての異形が、土から這い出した蟲のように我が物顔でうごめいていた。

教室の中央で粘土のように形を変え続ける黒いもや。

延々とヒール靴の足音がする教室。

人の形の膨らみを作ったまま、ずるずると移動する白いシーツ。

煌々と明るい教室の中で、無数の机と椅子が何の音も立てずに、寸断してつないだフィルムを上映しているかのように、一瞬のうちに何度も、パズルのように組み代わり続けている異常な光景――

『いる』

てん、てん、と。

白い〝張り紙〟が、異様な存在感をもって点在する、異形がうごめく明滅する廊下を、啓はひとり歩いていた。

激しいノイズと周りの異様な気配によって、平衡感覚が侵されて、真っ直ぐ歩くことさえ異常に消耗する廊下。得体の知れない巨大な気配が満ちる中を、ちっぽけな啓が、たったひとりだけで、嫌な汗を浮かべながら、しかし決然と、歩き続ける。

断続的なノイズの向こうから、遠い教室でかき鳴らされる、頭がおかしくなりそうな滅茶苦茶なピアノの音が聞こえる。

非常ベルの前を通るたび、赤いランプの光を反射するガラス窓の向こうから、貌のない紫色の女が、じっ、とこちらを見ている。

「…………っ」

啓は歩く。キャンバスに描いた、完成を待つ景色と異形を巡って。

たどり着くたびに立ち止まり、イーゼルを立てて、仕上げの筆を描き加えてゆく。キャンバスに鼻がつきそうなほど顔を近づけて、虫眼鏡を使わないと普通の人間は詳細を把握できないほどの微細な描き込みを、呪詛のように重ねてゆく。

大きな異形のコラージュの隙間を埋めるようにして描き込んだ、まだ担当する『かかり』がいない『無名不思議』。それを孕んでいる教室の前に立ち、ガラス越しに中身を凝視して、仕上げの一筆を書き込むと、教室に灯っていた強い明かりが蠟燭を吹き消したように、昔話で化け物の家の明かりが突然消えるように、ふっと消えて暗くなった。

絵の隙間を埋める材料として、まだ卵の中にいる怪物の命を吹き消して、啓は進む。

その行為こそ、まさに怪物だった。怪物を描く怪物として、啓は黙々と、正気を失いそうな学校の中を、ひとり進み続けた。

かつては菊という助手のいた道行きを、ひとりで。

助手がいてなお、至難だった作業を、たったひとりだけで。

そして、進むごとに、絵が終わりに近づくごとに、啓は疲弊していた。

描くごとに、進むごとに、命と心が削れていた。まるで自分の命を油にして化け物を溶き、絵筆に乗せて、キャンバスに封じ込めてでもしているかのように。

心身を化け物と絵に削り取られながら、しかしそれでも、進み続ける啓。

明らかに疲弊しながら、しかし目の力だけは強いまま、幽鬼のように歩み続ける啓。


「…………………」


助手もおらず。無防備なまま。

自分の命を削って。しかし今の啓に、恐怖はなかった。

啓は、初め恐怖を耐えて、次に使命感で、それから菊への償いで、校舎へと最後の絵画行のため踏み込んだ。しかし、今は違っていた。今の啓を動かしているのは、それらのどれでもない、ただ無心の集中だった。

純粋に絵を描くという行為。ただそれだけ。

始めてしまったその瞬間、啓は〝絵描き〟になった。ただ目の前のものを描いてキャンバスに写しとり、絵を完成させることだけを目指す、それだけの存在に。それは、絵を描き始めると寝食を忘れる普段の啓そのもの。こんな異常事態の中にあっても、啓は啓であるという事実以外の何物でもなかった。

集中した啓は、目の前の絵のこと以外、全てを忘れた。

警戒することも、身を守ることもせず、啓はひとり校舎の中を巡り、『無名不思議』の絵を仕上げていった。

目標が目前だった。近づいていった。

だが同時に、啓は代償も払っていた。描いた『無名不思議』の全てが、啓と一体になってゆくのだ。

描き上げるたびに、『記録』の作成者である啓が、その『無名不思議』の一部となる。

記録者とは登場人物だ。描き上げた『無名不思議』は、啓を喰らう存在として、後をついて来るのだ。

啓の後ろに、黒く形のない気配が、ヒールの足音が、シーツを引きずる音がするのだ。

そして周囲が変質してゆく。啓が歩いている学校の廊下。その壁の一部が常軌を逸して複雑に組み合わさった机と椅子に変わり、天井から樹木のように絡み合った白い腕が生えて壁を這い、窓のすぐ向こうに後ろ向きの子供が並んで立ち、窓の隙間や天井や壁がだらだらと血を流して、廊下を陰惨に塗り替えた。

等間隔に異常な数の非常ベルが並び、それを反射する窓に、異常な数の紫色をした顔のない女が映って、覗く。壁ぞいに赤く血を滴らせる袋が吊り下がって並び、階段は段数が出鱈目に変わり、どこかから聞こえるピアノの音とスピーカーのノイズと、それから電車の走る音が入り混じって、教室があるはずの窓の向こうを電車が走り抜けてゆく。

明滅する窓からの光が廊下を照らし、床を花壇の花が、あるいは血だまりが覆う。床に溶けるように一体化した人体がへばりつき、その顔と、目が合う。

それらを靴の裏で踏み締めて、眩暈を起こしそうな混沌の通路を歩く、啓。

学校が変質してゆく。化物が、怪異が、そのどれとも呼べない奇怪な変化が、学校の廊下を侵食してゆく。

現実感が失われてゆく。だが、たぶんだが、変質しているのは、学校ではなかった。

変質しているのは、侵食されているのは、〝自分〟だ。自分の知覚だ。自分の頭の中に、存在の中にインストールされた、『記録』された『無名不思議』たちが、重なるようにして、この光景を見せているのだ。

だが、その正気を失いそうな光景も、今の啓にとっては絵の題材にすぎない。

心の奥底に恐怖はあったが、それ以上に、あるいはだからこそ、目を見開いて、その中を歩き続けるのだ。

かつて聞いた『太郎さん』の説では、これらは〝神〟だという。

昔は神様と呼ばれた、人を喰らう超常存在。境界から無限に生まれて人里を襲い、生贄として許容された子供を喰らって、しかしその九割九部は育ち切ることなく、また境界へと消えてゆく疫病神。

それらが継ぎ合わさって織りなす、曼荼羅めいた、めくるめく地獄の中を、歩く啓。

このおぞましいパッチワークは、啓が綴ったも同然だ。この廊下の光景は、啓がキャンバスの中に描きつつある絵の、ネガのようなものだった。

「…………よし」

そんな中で、やがて啓は、校舎の中にある最後のモデルを描き終え、すばやく道具をまとめて撤収した。

無数の異常に幾重にも覆われた廊下を、無数の異常を引き連れて、ノイズの混じった沈黙がスピーカー越しに見つめる中、キャンバスとイーゼルを手に黙々と歩いて、玄関からグラウンドに出た。

ぞ、

と押しつぶさんばかりに黒く重い空の下で、街灯が明滅していた。

じわじわと植え込みの木々がざわめいていた。生き物のように。威嚇するように。あるいはその枝と葉の中で、何かを咀嚼しているかのように。

夜の闇が息づいていた。ただ、〝墓場〟だけが静かだった。

啓はその中を、疲労のせいで重くなった、しかし奇妙にしっかりとした足取りで正門へと向かう。そして門の前で、校舎に向けてイーゼルを立てると、キャンバスを据えつけて、それから改めて静かに校舎を見やった。

「……なあ、もうすぐ終わるぞ」

キャンバスの陰から覗きこむようにして、啓。

「僕を、殺してみせろよ。みんなみたいに」

低く、つぶやくように、言った。そうして、しばし挑むように校舎を見つめ、何の反応もない様子にぎしりと奥歯を嚙むと、絵筆を握り直した。

最後に、学校を。

最後に残したコラージュの一片、夜に聳え立つ小学校の外観を、仕上げる。

それで終わりだ。どこか焦るような感覚と共に、啓は絵を描き進める。やがて少しの時間が経ち、啓の筆が止まった時――キャンバスの全面は、切り刻んだ写真をばらまいたかのような万華鏡めいたコラージュとして配置された、凄まじいまでの超細密画によって、完全に覆い尽くされていた。

「…………」

完成した。

ひどく静かだった。

静寂。啓の動向を見守っているかのように、世界が、しん、と沈黙していた。

啓はその中で、無言のまま、筆とパレットを持った手を下ろした。キャンバスの前で、モデルである小学校を見上げ、そして自分が描き上げたばかりの絵へと再び目を下ろし、完成したそれを、じっ、と見つめた。

そして――――

ぶわ、

とその顔に、汗が吹き出した。

全身に汗が吹き出した。気づいてしまったのだ。顔が引きつった。

「…………足りない」

愕然とつぶやいた。足りない。足りないのだ。

完成したはずなのに、足りない。なんでだ⁉　頭の中で叫ぶ。終わりのはずだった。この絵にこれ以上描くべきところは、もうどこにもなかった。なのに足りない。完成しているはずの画面の全てに、何かが少しだけ、足りていないのだ。

だがこれ以上ひとつでも筆を入れ、色を乗せれば、絶対に蛇足になった。

啓は分かっていた。色が濁るのだ。色は、筆致は、重ねれば重なるほど濁るのだ。

だがそれでも、これらの〝存在〟を、〝情報〟を刻み込むために、啓はここから一筆でも乗せれば違ってしまうという限界まで描き込んだ。『それ』が『それ』である限界すれすれまで線と色を描き込んで、絵としてはこれで、間違いなく完成だった。

「…………!!」

だがそれなのに、足りない。

焦った。これでは『ほうかご』を完全に描いたことにはならない。ただそれだけが分かっていた。きっと、だから、啓は静観されていたのだ。

だから啓は殺されていない。正気を保っている。

ただ、足りないから。だが何が足りないのか分からなかった。啓が見えていない、何かがあるとしか思えなかった。

何が――

激しい焦燥と共に、沈黙する校舎を見上げた。

うっすらと見える時計。四時半をとっくに過ぎていた。

時間がない。ここまで描くのに時間をかけすぎていた。今の啓には『狐の窓』がなかったからだ。

きっと時間をかければ、今までそうできたように、その足りていない〝何か〟を見出すこともできるだろう。だが今日という日には、間に合わなかった。このままでは四時四四分四四秒のチャイムと共に、啓は『ほうかご』から戻される。そして今日この身に背負い、今まさに啓の身の内に巣食い、あるいは背後を囲んでいる、もはや七つどころではすまない恐ろしい数の『無名不思議』によって。壮絶に日常を食い荒らされて、次の『ほうかご』を待たずに生命か正気を喪うに違いないのだった。

そうなる予感があった。それでは駄目だった。

啓は、『ほうかご』で死なければならないのだ。

そうでなければ、啓の存在が消えてなくなる保証がない。

惺のようになるかもしれない。啓は自分の母親に、葬式の会場で見た、ずっと涙を流していた惺のお母さんのようになってほしくはなかった。

啓は、消えなければならないのだ。

だから、現実で死ぬわけにはいかない。

そうならないためには——今は、絵を〝完成〟させるしかない。

無数の『これら』を連れ帰るわけにはいかない。啓は必死で校舎を観察する。校舎の壁を、窓を、屋上を、隅々まで見回す。何か、手がかりを探して。

しかし、何も見てとることはできなかった。

焦った。そんな啓の背後から、真っ赤な人影が気配もなく近づいて、覗きこむように顔を寄せて、耳元でささやいた。

――――しね。

ささやく、『まっかっかさん』の声。血の臭いがした。切り裂かれた喉から流れ出している血の臭いが、ささやき声と共に、耳元でただよった。

腰のあたりに重みを感じた。

腰の後ろの、ベルトの内側。そこに吊るすようにして挟んだパレットナイフに、なぜだか奇妙に意識が向いて、その研がれた鉄の刃に重みが増すような存在感を感じた。

手、に、と、れ、

と言わんばかりに。

そして、その切っ先で自分の喉を突け、と言わんばかりに。

「…………っ！」

それを必死に、振り払うように無視して、必死に校舎を凝視した。

焦り、その間にも時間が過ぎたが、どれだけ探しても、何も見つけることができなかった。

校舎はただ、巨大な影のように、立つだけ。

啓は歯嚙みした。強く、強く思った。


『狐の窓』があれば……！


あの子が、菊が、ここにいれば。

見つけることができたかもしれない。すぐに。そもそもそれ以前に、まず絵の完成までに、これほどの時間はかからなかったはずなのだ。

今まで菊の存在が、どれだけ有り難かったかを思い知った。できるだけ考えないようにしていた事実だった。あそこまで啓のために身を張って、さらには命まで失ってしまった菊に、まだ頼ろうとするなんて、あまりにも恥知らずに思えて考えないようにしていた事実が、いま強く身に染みた。

菊がいたから、ここまで来れたのだ。

その菊を失った。このままでは、絵を完成させることはできないだろう。

近づく四時四四分四四秒。このまま目を覚ますわけにはいかない。だとしたら。

「……！」

浮かんだ。最後の選択肢が。啓が『ほうかご』で死ぬための、最後の選択肢――『まっかっかさん』が啓にささやき続けているパレットナイフの選択肢が、にわかに生々しい現実味を帯びた。

――わたし、役に立ってる?


不意に菊の言葉が、脳裏に浮かんだ。

啓と二人でいる時に、口癖のように確認していた菊。啓が肯定すると、嬉しそうに、はにかむように、控えめに笑っていた。

「……ああ。役に立ってたよ。すごく」

啓は記憶の中の菊に向けて、小さな声で言う。

菊がいなくなった途端、このざまだ。啓は、諦めて覚悟を決めた。

がしゃ、と音を立てて、啓は、絵筆とパレットを地面に落とした。

パレットナイフを握るためだった。ここで死ぬためだった。

背中に『まっかっかさん』の笑い顔を感じた。目を向けず、口惜しく校舎を見上げた。

あんなに頑張ってくれたのに、駄目だった、ごめん。啓は口の中で謝ると、せめて最後の別れにと、倒れた菊を置いたままの屋上に向けて――二人で絵の構図をとる時にいつもやっていた、人差し指と中指を合わせて伸ばす、啓独特の三本指で作る窓を、手向けるようにして作った。

その瞬間だった。

啓の作った窓に、視界の外から二本の手が被せられた。

「!?」

いきなり音もなく、頭の後ろから、背中から抱くように二本の白い腕が伸びてきて、四角形を組んだ啓の手に指をからめたのだ。そして息を呑み、瞠目した啓の目の前で、その絆創膏を貼った指は『狐の窓』を作って――――

がらァ――――ン、
がらぁ――――――――んっ!!

瞬間、神社の鈴の音が、耳と頭が割れそうな大音声で世界に響きわたった。

　それは啓の目の前で作られた、『狐の窓』の向こうに何かの景色が見えた瞬間、そこから学校のチャイムのように大音量であふれ出し——そしてそのままガラスを割るように今まで見えていた世界を破壊して、周囲の景色を一瞬にして、小さな『狐の窓』の向こうに見えた景色と同じものに変えてしまった。

「え……」


見えたのは、そして現れて広がったのは、あまりにも巨大な『黄昏の森』だった。

世界が真っ赤になった。目玉と脳が溶けそうな赤い赤い夕焼けが空を一面に塗りつぶし、そしてその下に真っ黒な森が生い茂り、黒くて暗くて深い巨大で広大な山の稜線が彼方に延びて拡がっていた。

地面は白く、一本の白い道が、黒い森を割って、彼方へと延びていた。

そしてそこには一本の鳥居。大きな鳥居が、赤く赤く夕焼けよりも赤く道の真ん中に立っていて、そしてその鳥居には、黒くシルエットになった一人の子供の死体が、ぶらりと太い紐で吊るされていた。

　そして、紐でくくられた子供の死体の首には、大きな大きな丸い鈴。

神社の正面に吊るされている、あの大きな丸い鈴が、ふたつ首にくくりつけられて、子供の

死体が揺れていた。

がらァ――――――ン、

がらぁ――――――――ん!!

と、その鈴が、音を立てる。
大音声が黄昏に響きわたる。それは夕刻に学校の終わりを告げるチャイムか、あるいは子供の帰宅をうながす自治体の放送を、旧く時代を巻き戻しながら悪意をもって戯画化したかのようで、あまりにもおそろしく、そしてあまりにも神々しかった。

「――――」

理解した。
これは、神の世界だと。
自分は何も分かっていなかった。化け物を、学校を、『ほうかご』を完全に描いたつもりでいた。キャンバスに写しとったつもりでいた。だがそんなものは薄皮だった。現代の世界を蜃気楼のように映して、子供たちを迷わせる、表層に過ぎなかったのだ。

がり、

と靴の下で、硬い音が鳴った。

白い道に立っていた。玉砂利を敷いたような、白い道に。

道は赤い鳥居を越して彼方まで、黒い広大な森を貫いて、遥かなる山稜へと向かって延々と続いていた。啓はそこに立っていた。そしてそんな道の、見渡す限りの一面に敷かれていたのは、玉砂利などではなかった。

小さな髑髏と目が合った。

骨だった。頭の骨。足の骨。腕の骨。腰の骨。胸の骨。指の骨。頸の骨に、背中の骨。

啓の立っていた道は、全て余さず、子供の骨によって舗装されていた。到底数えきれないほどの、白い子供の骨によって、森の彼方、山の腹の中の、神の座までの道が、真っ白に整えられていた。

鳥居に吊るされた、死体が揺れる。

首にくくられた大きな鈴が、

がらアーーーーーーーーン、
がらぁーーーーーーーーーーーん！
と鳴り響く。
そして、道の彼方から、
がらぁーーーーーーーーん、
がらぁーーーーーーーーーーん、
と鈴の音。
そして次の鈴が鳴る。だんだんと遠く、小さくなりながら、遥か彼方へと続く道の、見えないほどの遠くから、遠い鈴の音が、赤い空の下、次へ、次へと続いてゆく。

「あ……」

呆然と、立ち尽くした。

恐怖(きょうふ)で、畏(おそ)れで、足が一歩も動かなかった。
それは無限への恐怖(きょうふ)だった。無限の虚無(きょむ)への恐怖(きょうふ)だった。あまりにも広大なこの世界は空っぽだった。ただ無限に死んでいる、子供の骨以外に何もなく、ただ太古から子供の命を延々と延々と喰(く)らい続けただけの、本当にただの、無為(むい)があるだけの世界だった。

全ての『無名(カミ)』は、此処(ここ)より出ず。

無限の無為(むい)の中に、ただ子供の死で、道が敷(し)かれて。
帰れず、逃(に)げる場所も、向かう場所もない。
その中に、たった一人、放り出されて――――

「――――――――――――――――――――ッ!!」

啓(けい)の喉(のど)から、破れんばかりの恐怖(きょうふ)の悲鳴が上がった。
だがそれも、無限の森の中に、無限の無為(むい)の中に、無限の夕焼けの中に、ただただ拡散していっただけだった。

四時四四分四四秒。

チャイムは、聞こえてこなかった。

5

カァ――――――ン、
コ――――――――ン！

十二時十二分十二秒。音割れした学校のチャイムが部屋の中に鳴り響いて、毎週金曜日の深夜に、由加志の部屋は様相を変える。

激しいノイズ混じりの、『かかり』を呼び出す校内放送。頭が痛くなるようなそれが終わると、部屋の空気が変わっていて、部屋から由加志を引きずり出そうとする、世界に一人の味方もいない時間が始まる。

まずは決まってドアのノブが回され、ガチャガチャと音を立てる。鍵は閉めていても勝手に開く。そしてドアが開かれようとするが、がつんと音を立てて、ぶつかって止まる。

由加志の部屋のドアは、本をいっぱいに詰め込んだ本棚で、背の高いものと低いものとで二重にふさいであって、さらに本棚を動かせるスペースが他の家具で埋めてある。なので開けようとしてもすぐに本棚にぶつかるだけで、それ以上、ドアが開くことはない。

普段、足の踏み場もない由加志の部屋は、すっかり模様替えされている。見ちがえる、というより殺風景。足の踏み場もないほど床に置かれていた大量の本は、全て本棚にぎっしりと収められ、地震対策用のチェーンに背表紙を押さえられて、ドアを開かないようにする重石として働いていた。

なのでドアは開かない。すると次に開けられようとするのは、表の掃き出し窓だ。

鍵は最初から外れている。だが開くことはない。ガタガタと小さな音を立てるのみ。窓は開かないように固定用の部品がねじ止めしてあって、さらに開くために必要な隙間には廃材の板をはめ込み、さらにその上から窓側一面を裏返した棚で埋めて、ただの壁同然に改造してあるのだ。

そして部屋に戸棚はない。〝開く〟ものが部屋から排除してあるのだ。

勉強机の引き出しも抜いてあり、カーテンのようなものもなく、ある程度以上の大きさをした箱のようなものも置いていない。

この日に限っては、布団も部屋から出している。ポスターやタペストリー、額縁といった

〝めくる〟ことができるものも、部屋から追い出していた。

鏡もない。テレビも、ガラスなどの映りそうなものもだ。

通路や窓と見なされそうなものは、全て、念のため置いていない。

徹底して、『ほうかご』と繋がって、部屋から連れ出されるかもしれないものを排除しているのだ。この日に限っては、由加志の命と言ってもいいノートパソコンさえ、開くし映るものなので、部屋の外に出していた。

そんなテーブルさえない、荒涼とした部屋の真ん中に、由加志は一人で座っている。

するとやがて、
どんどんどんどん、どんどんどんどん!!

と部屋のドアが叩かれ始める。

窓もだ。ドアや窓が割れそうなほど強く叩かれ、外れそうなほどガタガタと激しく揺らされる。暴力的な恐ろしさで、身がすくむような打撃音と振動で部屋がいっぱいになり、部屋の中にあるものが揺れて、半ば地震のようになる。

これが一晩中続く。もし毎日なら、ノイローゼになることは間違いない。

そして、こんな家中に響き渡りそうなすさまじい音と振動だが、不思議なことに、家族が起きてくることはないのだった。

ただ、家族から声をかけられることはある。

対策を始めてほどなくの頃、急にドアを叩く音が止まって不思議に思っていると、母親がドアの外から、「何があったの」「すぐ開けなさい」と中にいる由加志に向けて声をかけてきたのだ。

結論から言うと母親ではなかった。ドアを開けた瞬間、由加志は伸びてきた冷たい手に腕をつかまれて『ほうかご』に引き込まれた。翌日、母親に「夜中に声をかけた？」と訊ねると「なんのこと？」という返事が返ってきた。あたりまえだがそれ以来、この時間に聞こえる家族の声は信用していない。

だが、それでも、〝外〟はその試みを続けている。

「ねえ、あけなさい」

ガタガタと揺れるドアの向こうから、母親の声。

すでにタネは割れていると言うのに、変わらずドアを開けるようにと、部屋の中の由加志に声をかけてくる。

「あけなさい」「あけなさい」

と。

そして、

「ねえ、あけなさい」

「あけなさい」「ねえ」「あけなさい」

「あけなさい」「あけなさい」「あけなさい」「あけなさい」

「あけなさい」「あけなさい」「あけなさい」「ねえ」

ドアの外からも、掃き出し窓の外からも、母親の声。その間にも、ドアも窓も、どんどんと激しく叩かれて、ガタガタと激しく揺らされる。

「…………」

そんな部屋の真ん中で、由加志は一人、膝をかかえて座っていた。

部屋の中は頭がおかしくなりそうな騒音と呼び声でいっぱいになっていたが、由加志は耳をふさぐことはせず、ポケットの中の携帯端末で気をまぎらわせることもしなかった。

これに正面から向き合うのは、怖いし、心が削れる。

今はドアも窓も開かず、対策がうまくいっている。だが、だからといって目をそらすわけにはいかないし、油断できるわけでもなかった。もしも不測の事態が起こった時には、すぐに対応しなければならないからだ。

ずっと、由加志はこうしている。

そうすることで今まで、『ほうかごがかり』からのがれてきた。

金曜日が来るたびに、こうして準備し、徹底抗戦し、少しの変化も見逃さないように集中する。そしてこのまま、四時四四分四四秒まで、じっと耐えて過ごすのだ。

どんどんどんどん!!

「あけなさい」「あけなさい」

「ねえ」

ここしばらくは、向こうもネタ切れなのか、呼び出しに大きな変化はなかった。

由加志はじっと耐える。今日もまた。

そして、時間が過ぎ、四時四四分四四秒まであと少し。

あと十分ほど。あの頭が痛くなるチャイムが鳴り響いて、おかしくなっている部屋の空気が元に戻るのをじっと待った。

と。

ぴた、

と不意に、部屋を支配していた喧騒が、いきなり止んだ。

完全に。突然の無音。今まで一度としてなかった現象に、由加志はぎょっとして周囲を見回し、腰を浮かせて立ち上がりかけた。

背後に、人影が、あった。

悲鳴をあげて床を転がった。

「うわあ！」

転んで、叫んで、見上げる。何の前触れもなく、音も気配もなく、背中のすぐ後ろに人の足が立っていて、由加志は肝を潰して床の上で目を見開いた。

菊が立っていた。

えっ。と驚いた由加志の目の前で、立っていた菊は消えた。

「は……？」

一瞬、間違いなくそこにいたのに、編集で間違えた画像を繋いでしまったかのように、いたはずの人間の姿が消失した。この部屋に何度も来たことのある菊の、深くうつむいて表情の窺えない顔と、ここでは一度も見たことがない〝制服〟姿。それが目と記憶にありありと残っているのに、驚いた刹那の間に目の前から、一瞬で消えてなくなったのだ。

「は？」

空っぽの空間を見つめて、床に座り込んで、固まる由加志。

心臓がばくばく鳴っている。そして呆然としながら視線を下ろすと、そこに由加志は明らかな異常があるのを見つけた。

「ひいっ！」

床に血文字のようなものが広がっていた。

床に敷かれたカーペットの上に、さっきまでは存在していなかった、血で書いた絵文字のようなものが、一抱えほどの範囲に書き込まれていたのだ。

見ると、書いてあるのは〝人間〟だった。

単純な、いわゆる棒人間。たくさんの棒人間が、互いに手を繋いで横並びになって、長方形の中に何本も縦の線を引いて書かれた、檻のようなものを前にしていた。

血で書かれた、一直線に繋がった、たくさんの人間。

そして、それらが前にしている檻のようなものの近くに、血だらけの小さな物体が落ちていて、その真横に一言、やはり血文字で文字が書かれていた。

たすけて

と。

ひゅっ、と息を呑んだ。

鳥肌が立った。寒気がした。今、何か恐ろしいものを見ていた。

自分の部屋に――――あれだけ入ってこられないように苦心した、自分の部屋の中に出現した、明らかな異常現象。

何だ⁉

目を見開き、目を離せずに、その場で身動きできなくなる。

床に座り込んだまま、自分の足元の、血の絵文字を見つめる。たくさん書かれた人間の絵文字と、それから〝たすけて〟の四文字。そして見つめているうちに、それらを書いている血が何かおかしいことに気づいて、由加志は探究心が勝ってしまい、おそるおそる身を起こして観察のため近づいた。

それは粘性を超えてカーペットの上に盛り上がって、一部が結晶質に輝いていた。

血に、何かが混ざっているように見えた。

「塩……？　血の混ざった塩……？」

つぶやく由加志。

絵文字を作っている血には、不均質に塩が混ざっていた。溶け切らないほどの量の塩。そしてそれの観察のために改めて絵文字の全体を見たとき、〝たすけて〟の文字の横に血まみれで落ちている、その何かを初めてきちんと認識した。
それは、
絵具のチューブ。
油絵具のチューブだった。自分が頼まれてネットで注文したものだ。憶えていた。啓の油絵具だ。それが一目では何か分からなかったくらい血にまみれて、ぽとりと床に落ちている。もちろんこんなものが最初からあったわけがない。あるはずがないもの。それに〝たすけて〟の血文字が添えられて――――

「！」

由加志の頭の中で、情報が繋がった。
何も知らないなりに、いくつものことを、なかば直感で理解した。
衝撃を受けた。息が止まった。まず直感したのは――――菊が、おそらくもう、生きてはいないことだ。

「…………!!」

菊はきっと死んだ。何かがあったのだ。

そして、亡霊になってここに現れた。助けを求めて、ここに。

そして、たぶん助けてほしい相手は、菊ではない。

もう手遅れの、菊ではない。


――啓だ。


霊能力を持っていた菊。『無名不思議』を閉じ込めてしまうほどの。そんな菊は、『ほうかご』で死んだ後も、亡霊になってまで、啓を助けてほしいと頼みに来たのだ。

なるほど菊ならば、啓のためにそれくらいのことはしそうだと、由加志は異常事態を疑いもせず受け取った。子供の素直な直感と、オカルトマニアとしての世界観。それに何よりも、この部屋に二人が通って来ていた時の、死んだ後でも啓の後をついていきそうな、まるで忠実な犬のような菊の態度を見ていたからだ。

何が『ほうかご』で起こっているかは、全く分からなかった。

だが、いま啓に危機的なことが起こっている。そして〝たすけて〟と頼みに来るということは、まだ間に合うかもしれない。

でも何を？　だからといって、何をすればいいんだ？

　ここで『ほうかご』にも行かずにいる由加志に、何ができるっていうんだ？　最初に思ったのは『ほうかご』に行くのはごめんだということ。だいたいもう数分もすれば『ほうかご』は終わってしまう。今から『ほうかご』に加勢に行ったところで、何かするのに間に合うとは思えなかった。

「なんなんだよ、どうしろってんだよ……！」

　由加志は頭をかきむしった。

　自分にできることが思い浮かばない。なんでおれに助けを求めた？　おれにできることなんかあるのか？

　ここで？　何を？　しかも数分以内に？

　たいして話もしなかった菊。そんな菊に言葉の足りないまま丸投げされて、さすがに恨みに思った。だがそれでも自分にできることを探して、何かないかと部屋を見回す。そして半ば無意識に何か役に立つものを持っていないかと手が自分の服を探る。

　と、

　探った手が、ジーンズのポケットに入った硬い板に触れた。

　由加志は、ポケットから、その硬いものを取り出した。携帯電話だ。

いつもそうしているように、『ほうかご』の時間になる前に、電波の回線が〝通路〟になるかもしれないからと電源を切っている携帯。
自分の体温が移った手触りと、何も映していない画面。
由加志は、それを少しのあいだ見つめた。それから次に、床の血文字を見る。

「…………っ！」

そして由加志は、悩みに悩んだ様子で眉を寄せてから。
仕方なく決断して、ボタンを長押しして、携帯の電源を入れた。

6

がらぁ――――――――ん、
がらぁ――――――――――ん、
と鈴の音が響きわたる、ただそれだけの世界を、啓は歩いていた。

ざくりざくりと音を立て、白い道を歩いていた。白骨を踏みしめて、啓は歩いていた。息を切らせて歩いていた。赤い空の下、黒い森に囲まれて。白骨で敷かれた道は、まるで荒れた山道のように歩きづらく、啓は痛みはじめた足と体を無理やり動かして、ひとりぼっちで延々と歩き続けていた。

はあ、はあ、

と何もない世界に、自分の呼吸が流れ出していた。

胸の中から、肺の中から、命が出てゆく。足が、体が、足場の悪い道を踏みしめて前に進んでゆくたびに、力を使い果たして、重く、硬くなってゆく。

それでも啓は歩く。必死で、あがくように。

帰り道を探して。ここにいたくなかった。ここは嫌だった。だが、歩けども歩けども同じ景色ばかりが続き、赤い空と黒い森と白い道ばかりで、何の変化も見出せなかった。

ときおり、鳥居があり、その下をくぐる。

鳥居には子供の死体が吊られていて、ゆらりゆらりと揺れている。

揺れるたびに、首にくくりつけられている神社の鈴が、音を立てる。

がらぁ――――ん、

がらぁ――――――ん、

と。それは夕方に流れる自治体の放送のように、てん、てん、と点在しながら、大音声で今の時刻を告げる。

今は夕方だと。ずっと夕方だと。

その音を聞きながら、啓が延々と歩く。正気を削り取られながら、歩く。

ここから出たかった。こんな場所にいたくなかった。ここは虚無で、絶望だった。食べるものも、飲むものもない、何もない世界。だが啓は思い知っていた。広大な世界に、たったひとりぼっちでじわじわと死にゆくのは、人がたくさんいる世界で飢えて死ぬよりも、何倍も恐ろしいのだ。

苦しいのではない。怖いのだ。

苦しさはきっと同じだ。だが何倍も怖いのだ。

知恵のある存在は、この巨大な孤独には耐えられない。この無為と孤独には耐えられない。

親から生まれ、親に愛され、友達がいて社会の中で暮らしていた生き物が、何もない世界でひとりぼっちになったことを理解する知恵を持っていることは、絶大な悲劇だった。

怖い。

嫌だ。


心がそれに塗りつぶされていた。

出口を探して、そんな世界の中を、必死で歩いた。

もう二度と、誰にも会えない。何も食べられない。何も飲めない。

もう何も意味のあるものを、見ることも、聞くこともできない。もう何も意味のあることができない。何も作り出せない。何も残せない。

それが確定している世界。無為の世界。

自分はいずれこの無為の中で歩けなくなり、飢えて乾いて、もう誰と話すこともできずに、足元の白骨の仲間入りをする。

怖い。

怖い。

顔を引きつらせ、必死に歩く。どこまでも。だが歩けば歩くほど、この世界に何もないという事実と、自分の足取りが世界に対してあまりにも小さすぎるという現実を、厳然と突きつけられるのだ。

あまりにも、どうにもならない。

帰りたい。元の世界に帰りたい。

啓は死ぬつもりだった。死ぬのは怖くなかった。『ほうかご』で死ねば、啓の存在は現実世界から失われて、母親は啓から解放されて幸せになり、啓は『学校わらし』の一人として亡霊の輪に加わって、何も知らない子供たちを守る壁という、惺の願いの代わりになることができるはずだった。

そうなるはずだった。

そのために、全てをなげうった。

菊さえも犠牲にして。なのに、これは駄目だった。これは、ただ死ぬよりも絶望で——

何より啓に、新たな使命を、欲を、与えてしまった。

啓は今、この世界の存在を知ってしまった。

神様の世界。今なら分かる。この世界の存在を知らずに描いた『ほうかご』は、足りないのだと。

足りるわけがない。この世界こそが、『ほうかご』の根源なのだから。

だから、これを描かないと。『記録』しないといけない。この世界の『情報』を持ち帰ることができれば、そしてみんなに知らしめれば、『かかり』が本物の『記録』を完成させるための、大きな手がかりになるはずなのだ。

そして啓は、『絵』を完成させることができる。

あの足りなかった『ほうかご』の絵を完成させて——この理不尽に、一矢報いることができる。

欲が出た。希望が。

その思いで、息を切らせて、啓は歩いた。

肺から吐息と共に命が漏れ出し、足から、体から、体力が失われてゆく。ざく、ざく、と子供の白骨を踏みしめる足。一歩ごとに足の耐久と体力が奪われて、遠く聞こえる鈴の音が、時間感覚を完全に狂わせ、正気を徐々に徐々に奪っていった。

「…………っ！」

もう、どれくらい歩いたか分からなくなっていた。

感覚では、一時間や二時間ではない。歩くにつれて歩みは遅くなり、息は切れ、足は棒のように動かなくなっていった。

このままでは動けなくなる。

元の世界に、帰ることができなくなる。

歩かないと。だが、頭の端では分かっていた。

歩いたところで、帰れる保証などないことを。自分が何の根拠も希望もなく、歩いていることをだ。

帰りたいという思いに、恐怖に、焦燥に突き動かされていた。

突き動かされて、帰れる保証など何もないまま、ただ啓は歩いていた。

分かっていた。

ここから帰る方法など、何も持っていないということを。

きっと、すでに、絶望なのだということを。それを考えないようにしていた。考えてしまえば、もう気が狂うしかない。

だが、

「っ!!」

ずっと、まるで筋に針金を通したように痛んでいた足がとうとう上がらなくなり、つま先が白骨につまずいて、啓は足が折れたように、膝から道に座り込んだ。

腰が落ち、女の子のようにぺたんと座り込んだ啓。すぐに立ちあがろうとしたが、重く重く痛む足にはどうやっても力が入らず、ただぶるぶると震えるばかりで、何をやっても体が持ち上がらなかった。

動けなくなった。

一歩も。

動きを止めた啓の胸の中に、ずっと後ろに置いてきて、見ないようにしていた絶望が追いついて、そしてじわりと、入り込んだ。

「あ……」

啓は空を見上げた。気が遠くなるような、赤い赤い夕焼けの空。

視界いっぱいに広がった、魂を吸われそうな赤に、啓はずっと思い込んで必死にすがろうとしていた希望が、赤い虚ろの中に溶けてゆくのを感じた。

動けない。

帰れない。

心の奥底から、見上げた赤い空に抽出されるように、空っぽの絶望がにじみ出して、空っぽが胸の中を満たした。

ふつっ、と心の中の、何かが切れる。

生きるための何かが。この孤独にも、死を待つだけの時間も、耐えられなくなった。

ここで啓は帰れないまま、もう誰にも会えないまま、何も残せないまま、その孤独と虚無にさいなまれながら飢えて乾いて死ぬ。長く長く苦しんで、長い長い絶望のなか、指先ひとつ動かせなくなって、死ぬ。


「…………あ」


嫌だ。

啓の目から、つーっ、と一筋の、涙が流れた。

そして腰の後ろのベルトに挟んだ、パレットナイフをつかんで、抜き出した。

パレットナイフを両手で握り、高く掲げ、空を見上げた自分の頸に切っ先を向けた。

帰る希望などない。

理解した。それならば。絶望し、苦しんで死ぬのなら。

啓は、いま、ここで。

言葉が出た。

「――――お母さん」

最後に思ったのは、母親のこと。

彼女の幸せのために、自分は死んで消滅し、もう会うことはないと決めたはずの母親と、会いたいという思いだった。

そしてその首を。

背後から、伸びた手がつかむ。

7

「!?」

突然鳴った、携帯電話。

眠っていた恵は、枕元で鳴ったその電子音に、深い眠りの沼の底から、無理やり覚醒まで引き上げられた。

「……う……ん？」

目に、手足に、意識が行き渡らない感覚のまま、枕元の携帯に手を伸ばし、つかむ。真っ先に思い浮かんだのは職場からの連絡だったが、画面に表示されていたのは知らない携帯の番号で、それから次に確認した現在の時間は、仮に職場からのものであっても非常識としか言えない時間帯だった。

四時四四分。

間違い電話？　それとも？

重たい頭で考えるが、鳴り続けるそれに、出ないという選択肢は思いつかず、恵は通話ボタンを押す。

「……もしもし？」

寝起きを精一杯取り繕って、電話の向こうへ問いかける恵。すると、それに対して返ってきたのは、少しも予想していなかった、まだ子供の声だった。

「え……っと、あっ、あの、二森啓君の、お母さんですか？」

男の子の、少しくぐもった声。

その背後で、遠く、カ――――ン、コ――――ン、と学校のチャイムのような音が小さく聞こえていたが、それを疑問に思うよりも前に、恵は強く戸惑った。

「えっ？」

一瞬、何を言われたのか、分からなかったのだ。

啓君？　お母さん？　相手の言っていることが、何もかも。しかし、その一瞬の思考停止のあと――ばつん、と急に厚い膜を破ったように、いきなり頭の中がはっきりとして、恵は思い出したかのように状況を把握した。

「あ、う……うん、そうよ」

恵は慌てて、動揺しながら、そしてそれを隠しながら、答えた。

動揺していた。一瞬、啓のことが分からなかった自分が、怖かったのだ。恵にとってそれは絶対にあってはならないことだった。鳥肌が立った。

「そうだけど……あなた、啓のお友達？」

それでも平静を装いながら、恵はとにかく訊ねる。

子供の前で装うことには、恵は慣れていた。大人としての振る舞いをする。まずはこの相手が啓のお友達であると仮定して、恵はまず注意する。

「あのね、さすがにこんな時間は、ちょっと……」

「うっ、あの……えーと……ごめんなさい」

意外にも素直に謝る、いかにも電話が、あるいは人と話すことそのものが苦手そうな、それでも頑張って話そうとしている様子の男の子。

「でも二森くんのことで話があって……あの、二森君、家に帰ってます？」

「えっ？」

イタズラかとも思った。だが、頭ごなしに決めつけるわけにもいかない。それに何より、男の子がした質問。それが妙に、頭に引っかかったのだ。

家に帰ってる？

当たり前だ。この子は何を言ってるんだろう？

どういう意味？ たとえば、昨日、一緒に遊んだか何かして、何かトラブルがあって、家に帰ってないのではないかと心配になったとか？

こんな時間に？

電話をするほど？

いや、それよりも、どうしてこの子は、私の電話番号を知ってるの？

それ以前に、帰ってないわけがない。そんなことになっていたら、完全に事件だった。警察沙汰だった。

当然、啓は帰っている。

いると知っている。

確認している。

確認……？

一瞬のうちに、恵の頭の中には本当にたくさんの疑問が頭に浮かんだが、そこに思い至った段階で、恵の頭から血の気が引いた。

確認なんかしてない。

昨日、家に帰ってきてから眠りにつくまで、恵は隣の部屋で啓が寝ていると思い込んでいただけで、一度も確認などしていないのだ。

「………っ!!」

どうして？

恵は、がばっ、と布団から立ち上がって、慌てて襖に駆け寄った。

そして、電話の途中であることを完全に忘れて、がた、と音を立てて襖に手をかけると、建て付けのよくない襖を、大急ぎで開けた。

いなかった。

端に大量の絵と画材が寄せられている部屋は、空けたスペースに布団が敷いてあったが、そこに寝ているべき我が子が、どこにもいなかった。

「えっ……えっ？　啓……⁉」

もぬけのから。

携帯を持ったまま、パニックになった。

こんな、まだ外も明るくなっていない未明に、小学生の我が子が部屋にいない。今の今まで気がつかなかった。その事実は親にとって、恵にとって、完全に、背筋が凍るような恐怖以外の何物でもなかった。

「啓っ⁉」

ほとんど金切り声のような裏返った声が、自分の喉から出た。

行方不明。パニック。いつ。どうして。だが、いくら考えたところで子供がいなくなった事実は変わらない。心当たりも、全くない。

警察。その言葉が頭をよぎる。

そして自分が携帯を握りしめたままなことを思い出し、いま電話中だったことも、同時に思い出した。

「ね、ねえ、あなた、何か知ってるの⁉」

恵は、電話の向こうに、叫ぶように言った。

「啓がいないの！　どこにいるか知ってる⁉　何かあったの⁉」

「えっ。あっ。はい。あー……えーと……」

電話の向こうの男の子は、パニック状態の恵の勢いに押されたように、しどろもどろになりながら言った。

「が、学校に…………たぶん……」

それだけ言って、電話は切れる。

恵は「あっ！　ちょっと！」と慌て、一瞬だけ迷って履歴からかけ直したが、もう相手は出なかった。それから、電源を切られたらしいアナウンス。

「…………！」

焦った。

手がかりが途切れた。

学校、という言葉以外。

恵は、繋がらなくなった携帯を手に、すぐに顔を上げた。

「啓……！」

恵はハンガーから最低限の上着をひったくると、ポケットに入れっぱなしの鍵束の音をさせながら、大急ぎでパジャマの上に羽織って、そして裸足に靴をはいて、不確かな手がかりに一縷の望みをかけて、走って家を飛び出した。

†

「……………これでよかったのか？」

また電源を切った携帯を手に、床に座り込んだ由加志は、ただ黒いだけの画面を見下ろしながら、ぼそりとそうつぶやいた。

啓から、何かあった時のためにと教えられていた、母親の電話番号に電話をかけた。そして学校にいるかもしれないとほのめかした。できたのは、それだけだった。

たったこれだけ。だが、できることをやったと思う。手元にあるものと情報全てで。

由加志は床に目をやる。カーペットに書かれた血の絵文字。手をつないで並んだたくさんの棒人間と、檻のような長方形。

これを由加志は、校門と推理した。

鉄格子の校門と、『学校わらし』の亡霊の列。そしてそこで助けを求める、啓を象徴する油絵具のチューブ。

菊から伝えられたそれだけの情報で、もう『ほうかご』が終わりかけている時間で、由加志ができそうなことは、これだけしか思い浮かばなかった。外に伝える。捜して、助けに行ってくれそうな人に。でも大人に『ほうかご』のことを伝えたら、記憶が削除される。だから最低限のほのめかしだけに伝える情報をしぼって、それ以上はボロが出るかもしれないので、もうやりとりしない。

短い時間で、がんばって考えた。

これでよかったのか？　確信は、全くない。

「堂島さん、これでよかったのか……？　ほんとに……」

由加志は脱力したように、血の絵文字を見ながら問いかけた。

終わりのチャイムが過ぎた部屋は、あれほど満ちていた『ほうかご』の気配はもう残滓すらなくなって、外も空が薄明るくなり始めた世界には、すでに由加志の問いに答える菊の亡霊すら、現れる余地がなくなっていた。

8

恵は、白みかけた早朝の空の下を、学校に向けて走った。

何の根拠もなく、あまりにも薄い手がかり。本来ならば警察に連絡すべき。だが、なぜだか今は、学校に行くべきだという奇妙な確信があった。

そうでないと、間に合わないという奇妙な確信。

急がなければという確信。それに突き動かされて、恵は学校へと走っていた。

「啓……っ！」

上がる息の中で、子供の名前を呼ぶ。

その一心が、声にもれる。その一心で、恵は走る。

普段から運動をしているわけでもない大人の息はすぐに上がり、肺が悲鳴を上げ、心臓が負荷で早鐘を打つ。足はすぐに痛みを発する。だがそれでも恵は必死で走り、いなくなった啓を捜して、小学校へと走っていった。

「……」

徒歩で十分ほどの場所にある小学校は、息せき切って走る恵の前に、ほどなくして姿を現した。薄明るくなりはじめた、しかし曇っていて青黒い空の下。明かりが完全に落とされて、ただぽつりぽつりと街灯に周囲を照らされているだけの校舎は、住宅地の中に、巨大にそびえる墓石のようにも見えた。

啓の通う小学校。そこにたどり着いたが、人の気配はもちろんない。

敷地はしんと静まり返っている。息を切らしながら、そんな真っ暗なグラウンドをフェンス越しにのぞきこんだ恵は、それでも誰かいないかと、中に入ることはできないかと、外周をまわって正門を目指した。

――啓、どこにいるの？

心の中で、祈りのように唱え、問いかけながら。

啓を捜して。どうしていなくなったのかは後回しだった。いま啓がいなくなっている。大事なのはそれで、他のことは頭から消えていた。

正門が見えてくる。街灯に照らされた、大きな鉄格子の門。

やはり見える範囲に人はいなかった。だがとにかく門の前まで行き、門にとりついて中を覗きこみ、誰かいないか探した。

だが、

いい、

しん、

と静寂。正門も、その中の敷地もだ。

人がいる様子は、どこにもない。もちろん、啓の姿も。

「…………！」

焦燥にかられる。奇妙な確信をもって、恵はここに来た。

それは理屈ではなかった。しかし、母親の本能とか、理屈を超えた愛情といったような、綺麗なものではない。もっと暗い、恐怖と罪悪感に似た、何かの別の感情に突き動かされたその結果だった。

あの知らない男の子から電話があった時、反射的に意識が否定して、なかったことにしようとしたが、ひとつだけ間違いないことがあった。

恵は——

啓のことを、忘れかけていた。

以前の生活を捨ててまで、闘って守ろうとした、自分の命よりも愛しているたった一人の息子のことを忘れていたのだ。寝ぼけていたわけではない。あの電話で啓の名前を出された瞬間まで、つまり着信で目を覚まして電話に出て名前を出されるその瞬間までの間、恵は啓の存在を、完全に忘れていたのだ。

啓の名前も、存在も、自分が母親であることも、完全に忘れていた。

反射的に否定したその事実は、しかし時間を追うごとに罪悪感と共に反芻され、認めるしかなくなっていた。それは、あまりにも異常な事態だった。

物忘れなどという簡単なものではない、もっと、異常で、致命的な何か。

あの瞬間まで、自分の中から、我が子の存在が完全に欠落していた。それは思い返すと、とてつもない恐怖だった。

「…………!!」

我が子が、奪われそうになっている。

その存在と記憶までもが。何か普通でないことが起こっていた。

だから、恵は電話の少年の言葉を信じた。あの少年の言葉で、恵は啓のことを思い出したからだ。だから信じた。それなら啓はここにいる。見えていないけれども、このどこかに、きっといる。

それに、恵の直感も、それを肯定していた。

啓はここにいると。恵は理屈でもなんでもなく、ただ直感に従って、校門の前で、祈るように叫んだ。

「啓！ いるの!? 返事をして!!」

啓はどこ？ 啓に会わせて！ 啓を返して!!

ごめんなさい！ 忘れそうになって、ごめんなさい！ だから帰ってきて！ 私のところから、いなくならないで！

心の中でも、恵は叫ぶ。言葉でも、心の中でも。

「啓――――!!」

叫ぶ。涙を浮かべて。

その時。

――お母さん。


どこからか、啓の声が聞こえた気がして。

恵は大きく目を見開き、振り返って、何もない空間に手を伸ばし――

†

赤い空を見上げながら、白い道に座り込んで。

パレットナイフの切先を喉に突き刺そうとしたその瞬間、啓の耳に、どこかから声が聞こえた気がした。

「‼」

人の声など存在し得ない、虚無の世界に。

啓――――!!

母親の声。啓は目を見開いた。ナイフの切っ先が止まり、そして思わず声を求めて、振り返ろうとしたその時だった。

首筋に誰かの手が触れた。

自分ではない人間の手。

「!?」

驚いた。だが次の瞬間、その手に襟首を強くつかまれた。

そのまま大きく後ろに引っ張られる。引き倒されて、天地がひっくり返った。そしてその時に感じた強い眩暈のような感覚。それは啓が『ほうかご』に立った瞬間の、あの時の感覚によく似ていて――そして襟首をつかまれて後ろに引き倒される感覚は、かつて屋上で、『まっかっかさん』によって屋上から落ちようとした啓が、菊に助けられた時のものによく似ていた。

そして――

気づくと空は真の暗闇で、目の前に亡霊が並んでいた。

呆然とする啓。その目の前に、背を向けたネガのような亡霊たちが並んでいて、互いに手をつないで、鎖のように、壁のように、座り込んだ啓の目の前をふさいでいた。

「は……⁉」

状況に混乱する啓。何よりこの光景には、違和感があった。

これは『学校わらし』の、亡霊の輪で間違いなかった。だが、彼らが背中を向けているところなど見たことがなかったし、何より輪の向こう側に正門と学校があるのは、明らかに考えられない、普通ではない光景だった。

啓は、亡霊の輪の外にいた。

どうしてこんなことになっているのか、全く分からなかった。

呆然として――そして啓は、また一つ、見つけてしまった。そしてそれは、啓がこうしていることよりも、はるかに重大な、見過ごせないものだった。

菊が、亡霊の輪に加わっていたのだ。

校門の真正面。一番新しい子の場所に、菊が背を向けて、両隣の子と手をつないで輪の一部となって、立っていた。

この世界は、暗く、静謐だった。

菊はその一部として、静かに何も言わず、死人となって立っていた。


「…………！」


啓は、言葉を失って、その背中を見ていた。

見過ごせない光景だった。それは、その場所は、啓が入るはずの場所だった。

惺の代わりに、啓が。そして何があったのかも全て察した。菊は身代わりになった。啓が惺の代わりをしようとしたのと同じことを、菊は啓にやったのだ。

「おい……」

啓は、震える声で、呼びかけた。

亡霊は答えなかった。物言わぬ死者たち。その一人になった菊は、何も答えなかった。

「おまえ……っ！」

頼んでない。そこまでしろとは言ってない。そう口から出かかった。地面に座り込み、両手をついて菊の背中をを見上げた啓は、出る寸前だった激しいショックと罵倒の言葉を、詰まらせたような沈黙のあと、やがて噛み殺して呑み込んだ。

代わりに言った。

「ありがとう……助かった」

本心ではなかった。だが言った。

背中を向けた菊が、小さく笑った気がした。それは錯覚だと、啓には分かっていた。

そんな啓の背中に、遠く暗闇の彼方から、声が届いた。

返事をして!!　啓――――!!

母親の声。啓は、棒のようになった脚で、よろよろと立ち上がると、亡霊たちと学校に背を向けて、ふらふらと暗闇の中に、声を目指して歩み入っていった。

……………………

†

「啓!!」


気づくと手をつかまれて、暗闇の中から、啓は引き出されていた。

名前を呼ばれ、一瞬の強い眩暈。そしてかすんだ目が徐々にはっきりすると、そこは日が昇りかかった明るい曇り空の下で、そして学校の正門の前で、お母さんに手を握られ、そして抱き止められていた。

「え……」

「啓!! よかった……!!」

お母さんが、啓の顔を覗きこんで、そう呼びかけ、涙を流して強く強く抱きしめる。

疲労と、ショックと、眩暈で、半ば忘我のような状態になっていた啓は、しばらく抱きしめられたまま状況が理解できずにいたが、抱きしめられているうちに、目に涙がみるみるうちに浮かんだ。

「う……うああ……‼」

啓は、泣いた。そんなつもりはなかった。

なのに泣いた涙が、嗚咽が止まらなかった。

お母さんの前で泣かないと、何年も前に決めたのに。

啓は、お母さんに抱きしめられながら、ずっと、ずっと、どうしても止められず、いつまでもずっと、泣きじゃくり続けた。

僕らが戦う『それら』には名前はなくて。
僕らの手には『それら』と戦う力はない。
だけど。

終章

そして金曜日。

十二時十二分十二秒。

啓の部屋に、あのチャイムが鳴り響くことはなかった。


…………

†

惨劇の、三十回目の『ほうかごがかり』。

啓はお母さんに『ほうかご』から引っ張り出されて、『かかり』から生還した。

どこからか聞こえる、お母さんが呼ぶ声に導かれて、前に差し出した自分の手も見えないような完全な暗闇の中に歩み入って。そしてお母さんに腕をつかまれて、引き寄せられて、『ほうかご』の世界から救い出された。

漠然と自覚があった。

あのとき自分は、神隠しのように、この世から消えてしまう寸前だった。

救い出されたとき、何があったのか、お母さんにはどう見えていたのか、どうやって啓を見つけて、どうやって助け出したのか、お母さんはあれから何も語らないので、啓には分かっていない。

そしてお母さんは啓に何も聞かなかったし、それ自体は啓も有り難くて、啓からも話題にするのは避けたので、あの事件がお母さんの中でどういう認識になっているのか、啓には知ることができていなかった。

ただ、お母さんが啓に日々のことを聞くことが少し増えて。

啓も、お母さんのために死のうとは、思わなくなった。

自分がお母さんの人生の重荷になっているという意識が、消えたわけではない。ただ、消えはしていないものの、それでも生きていてほしいとお母さんに望まれているのだと、頭での理解とは別のところに、少しだけ実感が宿っていた。

だが、お母さんのために死のうと考えるのをやめた一番の理由は、それではなかった。

手段がなくなったからだ。啓が死んだときに、お母さんを悲しませない方法が。

お母さんに、忘れられる方法が。

帰ってきた啓は。もう、『かかり』ではなくなっていた。

次の週、その次の週も、啓に金曜日の呼び出しはなかった。

そして、最終的には部屋を埋めつくすほどになって、啓の日常生活を脅かしていた『無名不思議』たちも、一切、まったく、見えることはなくなった。

つまり――『卒業』ということなのだろうと思われた。

あの絵によって『記録』が完成したからだとは、啓は思わなかった。あれは足りない、不完全な絵だった。

啓は、原因は別のことだと思っている。

あのとき、『学校わらし』の輪の外に出てしまったからではないかと。

だが、その推論について意見ができる『太郎さん』とは会うことができないので、それがどれくらい的を射ているかを判断することができなかった。何者も出ることができない亡霊の輪から――留希が出ることのできなかった輪から――啓が、啓だけが、どうして出ることができたのか。

啓は、あのとき見た菊の後ろ姿を、思い出すことしかできない。

†

由加志は、まだ『かかり』のままだった。

啓が、もう呼び出しを受けなくなったと伝えた時、

「はー!?」

と声をあげて、これ以上ないくらいに羨ましがられた。

だが啓にとって、この結果は本意ではなかった。啓は、あの『ほうかご』の絵を完成させることができていなかったし、加えてあの日に啓が見た〝神の世界〟のことを、『太郎さん』に伝えることができないからだ。

あれの存在を『太郎さん』に伝えて、情報として共有すれば、これから後の『かかり』は楽になるかもしれない重要な情報だと思っていたし、何より啓は再び『ほうかご』に行ったあかつきには、あの経験を踏まえて、今度こそ本当に『ほうかご』の絵を完成させるつもりでいたからだった。

だが――――啓が生還して一番愕然としたのは、啓の頭の中から、あの〝神の世界〟の記憶が急速に失われたことだった。

根っからの絵描きである啓は、そのつもりで目にしたもののディテールを、ほとんど忘れな

い。なのに、あれほどの経験をし、焼きついたはずの〝神の世界〟の記憶は、溶剤が揮発するように、啓の頭の中から失われていった。

見てきたディテールが、細部が、全容が、印象が、考えられないくらいの速さで形を失っていき、ものの一週間と経たずに、ぼんやりとした赤と黒と白の記憶としてしか思い出すことができなくなった。それは『太郎さん』に〝神の世界〟の存在を伝える意味も半分以下にした。

歯噛みしたがどうにもならなかった。

代わりに啓がしたのは、『ほうかごがかり』のみんなの絵を描くことだった。

惺。菊。真絢。イルマ。留希。それから由加志と自分。それから『太郎さん』。みんなの姿を収めた絵。

描いた。忘れないうちに。〝神の世界〟の記憶と同じように、みんなの記憶が揮発して、なくなってしまうかもしれないと思えてしまって、怖くなったのだ。

そして完成させたあと、もう二度と描かないと決めた。

描くのは、これ一枚きりだ。

もう描かない。なぜなら啓にとって、絵とは〝克服〟だからだ。

惺が死に、菊が死んだ。この苦しみを克服するのは、罪だ。

だから、二度と描くことはない。

二度と。

啓は、たった一枚のその絵を、部屋の一番目立つところに立てかけた。

毎日、みんなを思い出すように。

忘れないように。『卒業』した後も、ずっと『ほうかご』のことを忘れないように。だがそれでも、少しずつ記憶と思いが薄れていっている気がして、どうしようもない焦燥が、見るたびに心を引っかくのだ。

†

「……なあ、これさ、どうすりゃいいと思う？」

啓が『かかり』ではなくなって、二ヶ月ほどした頃のことだ。

由加志がこんなことを言い出して、啓に、あるものを見せてきた。

そうするべき用事がなくなってからも、啓はちょくちょく由加志の家を訪ねるようになっていた。特に何をするわけでもなく、だいたいは雑談で終わり、互いに話が合わないことを確認して別れるだけだったが、どういうわけかどちらも嫌とは言い出さず、この関係はずっと続いていた。

そんな折の、ある日だ。

由加志は啓に、自分のノートパソコンの画面を見せた。

そこに表示されているのものが何か、判別する知識を、主に経済的な理由で機械に触れる機会が少なかった啓は持っていない。いぶかしい顔をする啓だったが、由加志がひとつキーを叩いて、ファイルを動かすと、驚いて思わず目を見開いた。

それは、ある動画ファイルだった。

画面は、油彩画を撮影したもの。絵に描かれているのは夜の学校の廊下で、その廊下の床が一面、色とりどりの花を咲かせた植物に覆われていて、花びらが幻想的に散って舞い上がる中に、箒を持った一人の女の子が立っていた。

すぐに曲が流れ出す。オルゴールの音を主旋律にした、可愛らしくも仄暗い曲。

すると画面が動き出し、油彩画の中の女の子が、コマ送りのように、くるくると回る。

それは明らかに絵の枚数が足りていなくて、アニメーションと呼ぶのもはばかられる不完全なものだったが、それでも飛び飛びのコマ送りのようであったとしても、女の子は回っていた。

ガラスの中のテラリウムのように静止した世界の中で、女の子が回る。時が止まったように空中で静止した色とりどりの花びらの中で、魔法のように、女の子だけが回る。妖精のように幻想的に回る。仕掛けオルゴールの人形のように、くるくると回る。

「…………」

その動画を、啓は、言葉もなく見つめた。

それは惺の作っていた動画だった。菊の作った曲に、啓が絵を描いて、それを惺が動画に仕立てる、そのはずだった動画だった。

完成する前に惺が死んでしまって、立ち消えたはずだった。

もう見られないはずの動画だった。啓は呆然と、完成したそれを見つめた。

「……なんで」

啓のつぶやきに、由加志が答えた。

「あいつの〝遺書〟のファイルに、作りかけのやつが入ってたんだ」

「動画編集なんかやったことないし、ソフトも持ってないし、パソコンも違うし――だからソフト買って、使い方覚えて、そしたらOSが違うからか、あいつの編集途中のやつが上手く開けなくて、結局、最初から自分で作る羽目になって、今までかかった」

がしがしと頭をかきながら、いかにも迷惑だったと言わんばかりに由加志。

啓は、その動画を曲が終わるまで、ささやかなクレジットが表示されるまで、じっと身じろぎもせずに見つめた。

そして動画が終わった後も、ずっと、ずっと、動かなかった。

偽悪的に、露骨に面倒くさそうな態度をしていた由加志だったが、あまりにも啓が動かないので、心配そうに思わず声をかけた。

「お、おい……大丈夫かよ」

「あ……あ、ああ、うん……大丈夫」

啓は返事をする。だが、魂が抜けたように、動画の終わった画面を見つめたまま。そんな啓の反応をしばらく疑わしそうに見ていた由加志だったが、やがて興が削がれたように、ため息をついて啓に訊ねた。

「で、まあ、やっと完成したわけだけど……どうする？」

「……？」

もうしばらくの間があったが、啓はようやく由加志の方を見て、訊き返した。

「どうする、って……何が？」

「いやまあ、素人仕事な完成度だけど……せっかく作ったんだから、ネットにアップしたりするのか？　と思って」

「ネット」

啓はその言葉に、小さくつぶやいて視線を落とし、やがて答えた。

「そうだな……そうしよう」

顔を上げた。

「堂島の生きてた証拠を残そう。もうみんな、忘れちゃったからさ。少なくとも惺は、そのつもりだったと思う」

そう決めた。

「頼む」

「わかった」

由加志はうなずいた。

話はそれで終わった。

どのようにしたのか、どんなふうになったのか、啓は確認していない。

ただ、ネットのどこかに、もう消えてしまった少女の存在した証が、ぽつんと残って、今もくるくると回っている。

†

やがて月日が過ぎて、啓は小学校の、本当の卒業を迎えた。

卒業式の日。全てが終わって小学校の正門を出た時、啓は左手を握りしめて、尖らせた薬指の爪を手のひらに突き刺した。

刻みつけるように。忘れないように。

由加志からひとつの実例として聞いていたように、卒業と同時に『ほうかご』のことを、忘れてしまわないように。

そして、そうやって自分の手に、痛みと記憶と思いを刻みつけると、校門を出たところで振り返って、持っていた荷物を足元に下ろし、人差し指と中指を合わせて伸ばした窓を作って、門とグラウンドが見える構図で、景色をその四角形の中に収めた。

「…………」

墓標の立ち並ぶ、グラウンドを。

門の前に並ぶ、亡霊の列を。

最後にもう一度だけ見られないかと思ったのだが――四角の中には、肉眼で見ているのと変わらない景色があるだけで、『ほうかご』が透けて見えることはなかった。そしてあの時のように、死んでしまった菊の手が――『狐の窓』が啓の手に被せられることは、もう二度とはなかった。

† †

そして、また、月日が経って。

その少年は、見る限りでは、何の変哲もない中学生だった。

黒い詰襟の中学の制服。やや低い中背。静かな教室で席に着き、周りに座る同じ格好をした少年少女の中に、個性を埋没させるようにして、彼は数学の授業を受けていた。

特徴と言える特徴はなかった。髪型も、制服も、机の上に出ている筆記具も、机の横にぶら下がっている鞄も、何一つ彼の個性を主張していない。アクセサリの一つもついていない。ただよく見ると、たった一つだけ奇妙なのは、机の上に置かれている彼の手の、左手の薬指の爪だけが、まるで剣の切っ先のように尖った形に切られていることだ。

彼は大人しく授業を終えると、クラスの誰とも必要以上の口をきくことなく休み時間を過ごして、また静かに次の授業を受ける。

真面目に——ノートへの落書きが妙に多く、それが妙に上手いこと以外は——至極真面目な態度で、と言うよりも、どこか機械的にも虚無的にも思える態度で、淡々と時間割を消化して、この日の授業を終える。

放課後になる。学校に親しい友達はいない。部活動にも入っていない。

なので授業が終わるとすぐに帰宅する。典型的な、反抗はしないが、学校生活に対して何の価値も見出していない、そういうタイプの人間に見えた。

帰路。彼がどこかに寄ることはなかった。

真っ直ぐに家に向けて帰る。学校生活に価値を見出していない彼だが、学校の外にも、楽しみにしているような何かは存在していなかった。

毎日、彼は学校が終わると自宅である集合住宅に帰り、夜になり、朝になると、また学校に出かける。そして真面目に時間割を消化して帰ってくる。彼は中学生になってからずっと、もう一年以上、こうしてレールの上の機械のように、無味乾燥な生活ルーチンを繰り返しているのだった。

今日も、彼は真っ直ぐに帰宅する。

周囲の何にも、無感動に――世界に倦んだように、興味を示すことなく。

ただ、その帰路の途中、たった一度だけ、彼は立ち止まる。

それは住宅地にある、彼が卒業した母校である小学校の前にさしかかった時で、彼は道の端に立ち止まって、しばし正門を、じっと眺めるのだった。

「……」

そして、おもむろに鞄を足元に置くと。

両手を前に伸ばし――

人差し指と親指で四角を作って、

小学校と正門の景色を、その四角の中に収めた。

カメラマンが構図を取るように。あるいは、画家が。

彼がそうして、小学校の正門を眺めてしばらくすると、ほんの一瞬、これまで無表情だった彼の顔に、何かの強い感情がよぎる。

「……」

両手が下りた。その時には、彼の表情は、もう元の無感動なものに戻っていた。

彼は足元に置いた鞄を拾い上げると、小学校から視線を外し、身を翻した。

そして再び帰路につき、もう振り返ることもなく、家まで帰る。

それで一日を終える。昨日も。一昨日も。その前も。そのまた前も。

今日も、そのはずだった。

だがこの日は——いつもとは違っていた。

「あの」

不意に、がちゃ、とランドセルの金具の音がした。

そして呼び止める声。一人の小学生が路地から現れて、彼に声をかけたのだった。

男の子だった。おそらくは高学年。使い込まれた黒いランドセルを背負っている他に、詰め込まれた水彩用の道具が口から覗いている重たそうなバッグを、荷物として片手にぶら提げていた。

「あなたも、絵、描くんですか？」

立ち止まった少年の背中に、男の子はそう問いかけた。

「僕も、あの、さっきの」

そう言って、男の子はバッグを道路に下ろして、両手の指で四角を作って見せる。先ほど少年がしていたように。

「……」

少年は答えないまま、目だけをそちらに向けていた。

無言の中学生にじっと見つめられ、小柄な小学生の男の子は思わず気圧された様子を見せたが、しかしすぐに意を決したように表情を引き締めると、広げた左手を、少年に向けて突き出して見せた。

「協力してくれる、元『かかり』の人がいるって聞きました」

そして問いかける。

「それって、あなたのことですよね？」

男の子の左手の薬指の爪は、まるで剣の切っ先のような形に切られていた。

「……」

少年は、ゆっくりと男の子に向き直った。

そして重々しく男の子を見据えると、少しの間を置いて、口を開いた。

二森啓は。

「そっか。じゃあ、君が今の——」

あとがき

まずは、この物語にお付き合い下さった読者の皆様(みなさま)に。

そして、この本が出来上がるまでに関わり、お世話になった皆様(みなさま)に、それぞれ厚く御礼申(おんれいもう)し上(あ)げます。

私の作が初めての方、手に取って頂き有難(ありがと)うございます。

以前から私を知っている方、お久しぶりです。今作『ほうかごがかり』、五年ぶりの新作となります。どうやらそんな感じのようです。

さて——

五年間。

我が子についての事情で五年間の開店休業状態の期間があり、その間にそんな我が子二人も小学生となりました。

その事情は、今作『ほうかごがかり』とは、ほぼ関係しません。私は過去の、子供だった頃(ころ)の自分に向けて小説を書いているタイプの作家ですので、別に小学生の親だからといって我が子に読んでほしい物語を書こうなどという考えは、特に持っていません。読みたいなら勝手に読め。感想はいらん。
私のメンタリティーは、友達だけに見せる小説を書いたノートを、親兄弟には読まれないよう鍵(かぎ)のかかった引き出しに仕舞(しま)う中学生と大して変わりません。家族がこっそり読んでいるのは知りようがないですが、家族に直接感想など言われたら戦争です。分かったね？
そんな今作。友達たる読者の皆様(みなさま)、ひとまず、いかがだったでしょうか。
話が一区切りということで、あとがきです。元々「あとがき書くの苦手」勢の私ですが、世
の流れでSNSをすることになってから、このSNSというやつは毎日あとがきを書いている
ようなものでして、慣れるどころか書くべき事柄(ことがら)がSNSの方に吸われてしまって、改めて
「あとがき」となると何を書けばいいのか以前にも増して悩(なや)みます。
そんなSNSのフォローなど頂ければ、新刊情報などお伝えしています。
よろしくお願いします。それでは、また次の時に。

続刊、刊行予定です。

二〇二四年　三月　甲田学人(こうだがくと)

◉甲田学人著作リスト

「Missing1〜13」(電撃文庫)
「断章のグリムⅠ〜XVII」(同)
「ノロワレ　人形呪詛」(同)
「ノロワレ弐　外法箱」(同)
「ノロワレ参　虫おくり」(同)
「霊感少女は箱の中1〜3」(同)
「夜魔　―奇―」(同)
「ほうかごがかり1〜3」(同)
「夜魔　―怪―」(メディアワークス文庫)
「時槻風乃と黒い童話の夜」(同)
「時槻風乃と黒い童話の夜　第2集」(同)
「時槻風乃と黒い童話の夜　第3集」(同)
「ノロワレ　怪奇作家真木夢人と幽霊マンション(上)(中)(下)」(同)
「新装版　Missing1〜13」(同)
「夜魔」(単行本　メディアワークス刊)

本書に対するご意見、ご感想をお寄せください。

ファンレターあて先
〒 102-8177　東京都千代田区富士見 2-13-3
電撃文庫編集部
「甲田学人先生」係
「potg先生」係

本書は書き下ろしです。

電撃文庫

ほうかごがかり3

甲田学人（こうだがくと）

◆◇◇

2024年5月10日　初版発行
2024年11月20日　再版発行

発行者　山下直久
発行　株式会社KADOKAWA
〒102-8177　東京都千代田区富士見2-13-3
0570-002-301（ナビダイヤル）

装丁者　荻窪裕司（META＋MANIERA）
印刷　株式会社 KADOKAWA
製本　株式会社 KADOKAWA

●お問い合わせ
https://www.kadokawa.co.jp/（「お問い合わせ」へお進みください）
※内容によっては、お答えできない場合があります。
※サポートは日本国内のみとさせていただきます。
※ Japanese text only

※定価はカバーに表示してあります。

ISBN978-4-04-915200-5　C0193　Printed in Japan

電撃文庫　https://dengekibunko.jp/

電撃文庫DIGEST　5月の新刊

発売日2024年5月10日

第30回電撃小説大賞《銀賞》受賞作 新作 **バケモノのきみに告ぐ、** 著／柳之助　イラスト／ゲソきんぐ	尋問を受けている。語るのは、心を異能に換える《アンロウ》の存在。そして４人の少女と共に戦った記憶について。いまや俺は街を混乱に陥れた大罪人。でも、希望はある。なぜか？――この『告白』を聞けばわかるさ。
私の初恋は恥ずかしすぎて誰にも言えない② 著／伏見つかさ　イラスト／かんざきひろ	「呪い」が解けた楓は「千秋への恋心はもう消えた」と嘘をつくが「新しい恋を探す」という千秋のことが気になって仕方がない。きょうだいで恋愛なんて絶対しない！　だけど……なんでこんな気持ちになるんですか！
続・魔法科高校の劣等生 **メイジアン・カンパニー⑧** 著／佐島 勤　イラスト／石田可奈	FAIRのロッキー・ディーンが引き起こした大規模魔法によって、サンフランシスコは一夜にして暴動に包まれた。カノープスやレナからの依頼を受け、達也はこの危機を解決するためUSNAに飛ぶ――。
ほうかごがかり3 著／甲田学人　イラスト／potg	大事な仲間を立て続けに失い、追い込まれていく残された「ほうかごがかり」。そんな時に、かかりの役割を逃れた前任者が存在していることを知り――。鬼才が放つ、恐怖と絶望が支配する"真夜中のメルヘン"第３巻。
組織の宿敵と結婚したらめちゃ甘い2 著／有象利路　イラスト／林けゐ	敵対する異能力者の組織で宿敵同士だった二人は――なぜかイチャコラ付き合った上に結婚していた！　そんな夫婦の馴れ初めは、まさかの場末の合コン会場で……これは最悪の再会から最愛を掴むまでの初恋秘話。
凡人転生の努力無双2 ～赤ちゃんの頃から努力してたらいつのまにか日本の未来を背負ってました～ 著／シクラメン　イラスト／夕薙	何百人もの祓魔師を葬ってきた《魔》をわずか五歳にして祓ったイツキ。小学校に入学し、イツキに対抗心を燃やす祓魔師の少女と出会い!?　努力しすぎて凡人なのに最強になっちゃった少年の痛快無双譚、学園入学編！
放課後、ファミレスで、クラスのあの子と。2 著／左リュウ　イラスト／magako	突然の小白の家出から始まった夏休みの逃避行。楽しいはずの日々も長くは続かず、小白は帰りたくない元凶である家族との対峙を余儀なくされる。けじめをつける覚悟を決めた小白に対して、紅太は――。
【恋バナ】これはトモダチの話なんだけど2 ～すぐ真っ赤になる幼馴染はキスがしたくてたまらない～ 著／戸塚 陸　イラスト／白蜜柑	あの"キス"から数日。お互いに気持ちを切り替えた一方、未だに妙な気まずさが漂う日々。そんななか「トモダチが言うには、イベントは男女の仲を深めるチャンスらしい」と、乃愛が言い出して……？
ツンデレ魔女を殺せ、と女神は言った。3 著／ミサキナギ　イラスト／米白粕	「俺はステラを救い出す」女神の策略により、地下牢獄に囚われてしまったステラ。死刑必至の魔女裁判が迫るなか、女神に対抗する俺たちの前に現れたのは《救世女》と呼ばれるどこか見覚えのある少女で――。
新作 **孤独な深窓の令嬢はギャルの夢を見るか** 著／九曜　イラスト／椎名くろ	とある「事件」からクラスで浮いていた赤沢公親は、コンビニでギャル姿のクラスメイト、野添瑞希と出会う。学校では深窓の令嬢然としている彼女の意外な秘密を知ったことで、公親と瑞希の奇妙な関係が始まる――。
新作 **幼馴染のVTuber配信に出たら超神回で人生変わった** 著／道野クローバー　イラスト／たぴおか	疎遠な幼馴染の誘いでVTuber配信に出演したら、バズってそのままデビュー……ってなんで！？　Vとしての新しい人生は刺激的でこれが青春ってやつなのかも……そして青春には可愛い幼馴染との恋愛も付き物で？
新作 **はじめてのゾンビ生活** 著／不破有紀　イラスト／雪下まゆ	ゾンビだって恋をする。バレンタインには好きな男の子に、ライバルより高級なチーズをあげたい。ゾンビだって未来は明るい。カウンセラーにも、政治家にも、宇宙飛行士にだってなれる――！
新作 **他校の氷姫を助けたら、お友達から始める事になりました** 著／皐月陽龍　イラスト／みすみ	平凡な高校生・海似蒼太は、ある日【氷姫】と呼ばれる他校の少女・東雲凪を痴漢から助ける。次の日、彼女に「通学中、傍にいてほしい」と頼まれて――他人に冷たいはずの彼女と過ごす、甘く溶けるような恋物語。

甲田学人
イラスト◎ふゆの春秋

霊感少女は箱の中

「おまじないを誰かに見られたら、
五人の中の誰かが死ぬ――」
鬼才・甲田学人が描く新たなる学園心霊ファンタジー、開幕！

心霊事故で退学処分となり銀鈴学院高校に転校してきた少女・柳瞳佳。彼女は初日から大人しめの少女四人組のおまじないに巻き込まれてしまう。

人が寄りつかない校舎のトイレにて、おそるおそる始めたおまじない。人数と同じ数を数え、鏡に向かって一緒に撮った写真。だが皆の画面に写っていたのは、自分たちの僅かな隙間に見える、真っ黒な長い髪をした六人目の頭だった。そして少女のうちの一人、おまじないの元となる少女が忽然と姿を消してしまい……。

少女の失踪と謎の影が写る写真。心霊案件を金で解決するという同級生・守屋真央に相談することにした瞳佳は、そこで様々な隠された謎を知ることに――。

電撃文庫

ブラントピア
Plantopia

九岡望
Illustration LAM
Original Planning Plantopia partners

いつとも知れない、遥か遠い時代。
世界は草木に覆い尽くされていた――。

植物がすべてを呑み込んだ世界。そこでは「花人」と呼ばれる存在が独自のコミュニティを築いていた。
そんな世界で目を覚ました少女・ハルは、この世界で唯一の人間として、花人たちと交流を深めていくのだが……。